AF280140

John d'Aubert

# Business und Frittenfett

Impressum:

© 2024 John d'Aubert

Verlag: BoD · Books on Demand GmbH, Überseering 33, 22297 Hamburg, bod@bod.de

Druck: Libri Plureos GmbH, Friedensallee 273, 22763 Hamburg

ISBN: 978-3-7597-5834-7

Lektorat: Matthias Gruner (https://www.gruner-korrekt.de)

FSC
www.fsc.org

MIX

Papier aus ver-
antwortungsvollen
Quellen
Paper from
responsible sources

FSC® C105338

# Krise

Die Aquarellstaffelei neben dem Regal ist hässlich, schon bedrückend hässlich. So wie sie da steht. Schief, bekleckert mit allen möglichen Farben. Jämmerlich, dieses Rohrgestänge mit vorstehenden Blechen, die scharfe Kanten haben. Dieses Eisengestell drängt sich auf, wie ein vorlautes Kind mit schlechten Manieren und asozialen Freunden. Vor den großen Fenstern, die bis zum Boden reichen, hebt sie sich ab. Auch das noch. Draußen wird es heller. Die Innenjalousien lassen das Licht in Streifen herein. Und dort, wo sie kaputt sind, ist der Spalt breiter, heller und asymmetrisch.

Ich muss das nicht sehen. Ich schließe die Augen, das Bild war ohnehin eher verschwommen. Warum klingelt es nicht? Ich bin wach, nur mäßig verkatert, es wird hell und es klingelt nicht. Ist Wochenende? NEIN! Gestern war doch Dienstag. Vor einer Weile habe ich es geschafft, meinem Handy beizubringen, dass es an Werktagen um 7 Uhr klingelt. Es ist ein neues Handy, in Routinesachen besser als ich. Und im Moment mein Freund. Es tut, was ich ihm sage. Aber jetzt klingelt es nicht. Gut, klingeln, so wie ein Wecker klingelt, wäre falsch. Ich habe die mildesten aller Töne ausgesucht. Eine sanfte Melodie. Das rangiert ja heute alles unter Klingelton, bis hin zu Heavy Metal. Meine rechte Schulter tut weh. Vermutlich liege ich bereits seit Stunden auf derselben Seite. Das Hüftgelenk meldet sich auch. Nur mein Handy meldet sich nicht. Ich sehe wieder die Staffelei. Wenn ein Handtuch darüberhängt, ist es schöner. Ich kann dieses jämmerliche Drahtgestell sehen und das bedeutet duschen. Das Handtuch hängt über der Klinke der Badezimmertür statt über der Staffelei zum Trocknen. Ich habe schon gestern Morgen nicht geduscht. Katzenwäsche und 24-Stunden-Deo. Geht auch, wenn es nicht gerade Hochsommer ist. Aber heute wird geduscht. Mir fallen die Augen wieder zu. Duschen. Auch noch duschen.

Meine Schulter. Ich spiele gedanklich verschiedene Möglichkeiten durch, wie ich die Position ändern könnte. Eigentlich bräuchte ich nur ein Bein zu strecken, mich etwas nach hinten rollen zu lassen, und schon wäre es wieder angenehm. Ich tu's aber nicht. Es geht ja noch. Gleich, wenn es klingelt, muss ich mich doch ohnehin bewegen.

Ach du meine Güte, es klingelt. Eigentlich ein sanfter elektronischer Dreiklang. Leiseste Stufe, aber in dieser Stille brüllt es los wie eine Staudammbaustelle. Ich kneife die Augen zusammen, halte es aus. Wieder Stille. Mit geschlossenen Augen rechne ich aus, dass es noch viermal klingeln wird. Dann gibt mein Handy auf. Irgendein Zähler in diesem Klumpen Technik mag nicht weiter zählen und sorgt für Ruhe. Technik leidet nicht unter unserer Ignoranz. Das ist übrigens eine perfekte Einstellung gegenüber Ignoranz.

Meine Schulter!

Jedenfalls weiß ich jetzt, dass es 7 Uhr ist. Kurz sehe ich die Staffelei, ich warte mit geschlossenen Augen, dann kommt mein Handy wieder. Dann Stille. Jetzt noch dreimal. Warum strecke ich nicht das Bein aus und mach es mir gemütlich? Keine Ahnung, ich lasse es einfach. Die Schulter geht noch. Das geht noch eine Weile. Vielleicht bis der Nachbar seine Tür abschließt und mit seinem Schlüsselbund durch das Treppenhaus klappert. Eins tiefer fordert er dann den Fahrstuhl an. Der Fahrstuhl geht nur bis zum fünften Stock. Wir wohnen im sechsten. Der Nachbar ist pünktlich. Jeden Morgen, halb acht, rumort er durchs Treppenhaus, eins tiefer holt er den Fahrstuhl. Auf den ist Verlass.

Wieder lärmt das Handy.

Die Schulter!

Jetzt noch zweimal. Dann wird endlich Ruhe sein. Dann kommt als Nächstes, um halb, der Nachbar. Wenn ich jetzt aufspringe und dusche, das dauert alles in allem eine starke Viertelstunde, dann könnte ich den Nachbarn genau erwischen.

*Na, können Sie auch nicht schlafen?* Oder: *Im Büro ist jedenfalls geheizt.*

Irgend so was würde ich ihm dann sagen. Aber ich rühre mich nicht. Dann wird auch keiner auf mich aufmerksam. Nur mein Handy führt Selbstgespräche. Könnte doch sein, dass ich gar nicht zu Hause bin, dass ich das Handy vergessen habe.

Und da ist es wieder. Ja, ja, meine Güte. Kein Grund, solchen Lärm zu machen. Ich bewege den Kopf, es knackst in der Wirbelsäule. Reicht schon. Die Schulter muss warten. Natürlich könnte ich den Knopf an meinem Handy drücken, dann wäre es zufrieden bis zum nächsten Tag. Aber ich mache es nicht, es hört ja auch so auf, später, von ganz alleine. Ich brauche nur zu warten. Die Welt startet inzwischen durch. Hoffentlich werde ich vergessen. Endlich klingelt es zum letzten Mal. Geschafft! Ende der Morgenansprache.

Meine Augen sehen klarer.

Furchtbar!

Meine Wohnung halte ich nur im Dunkeln aus. Besonders diese Aquarellstaffelei. Ich habe auch eine schöne aus Holz, aber die ist von hier aus nicht zu sehen. Außerdem kann ich doch nicht das nasse Handtuch da drüberlegen.

Was hat das eigentlich damit zu tun? Keine Ahnung.

Das Bett ist von Regalen eingerahmt. Neben dem Fußende sehe ich ein halbes Glas Rotwein, eine offene Dose mit Erdnusskernen, das Handy ist da auch irgendwo. Und natürlich tausend andere Sachen.

Briefe. Geöffnete, ungeöffnete, ein Teebecher mit Kugelschreibern und einer Schere, ausgeschnittene Zeitungsartikel.

Die Erdnüsse sind es!

Schon sitze ich auf der Bettkante, greife nach der offenen Dose. Es kracht kurz im Knochengebälk, einmal schütteln. Passt. Sind die Nüsse immer so hart? Egal, noch eine Handvoll. Ob der Rotwein noch was ist? Ich schnuppere an dem Glas, auf dem eine Kuh eingeprägt ist. Ein irisches Milchglas. Aber Rotwein geht auch und er schmeckt sogar noch. Perfekt! Ich habe eine Party an einem fahlen Morgen. Keiner weiß davon, keiner merkt etwas.

ICH HABE EINE PARTY!

Mein Nachbar denkt, ich mache Urlaub oder – ist mir doch egal, was der denkt! Den Rest aus der verkorkten Flasche mische ich mit dazu. Ein Reserva von 2001. Da war sogar meine Welt noch in Ordnung.

*Ist sie das jetzt nicht?*, fragt jemand. Nur, hier ist niemand. Das sagt man eben so. Ich habe es mal jemanden sagen hören. Also die letzten Tage. *Ist doch alles toll oder?*

Das sagt man so, genauso wie: *Es geht uns doch gut! – Oder?*

Das Problem ist dieses, oder?

*Natürlich NICHT! – Du Arschloch!* – sollte ich erwidern.

Das tut aber keiner, keiner sagt es, wie es ihm wirklich geht. Ich auch nicht. Keiner, der nicht ohnehin schon überall untendurch ist. – Dann ginge es! Ist man erst mal abgeschrieben, kann man sich mehr erlauben.

*Ach der Typ …*

*Dieser Verlierer …*

*Ach Gott, die Pfeife wieder!*

Und auch dieser Kommentator wäre froh, dass sich ein anderer die Zielscheibe auf das gebügelte Hemd geheftet hat. Das große Geheimnis ist, erst mal die Klappe zu halten. Und wenn jemand gerade Schweißausbrüche bekommt, weil er plötzlich verantwortlich ist, und zwar weil er blöderweise eine E-Mail mit Empfangsbestätigung geöffnet hat, dessen Absender nur einen nützlichen Idioten suchte. Genau diesen Moment muss man erwischen, und dann muss man nur kurz im Vorbeigehen so was sagen wie: *Du warst auch schon mal schneller, finde ich. Geht's dir nicht gut? Ist alles etwas viel, nicht?*

Schön, wenn man solche Trümmerhaufen von einer Aussage einfach im Raum stehen lassen kann. Das wirkt dann tagelang. Ich weiß das.

Aber keiner weiß, wie viel Reserva ich brauche, um morgens einfach duschen zu können.

Zum Glück!

Mit den Nüssen ist es jetzt gut. Der Wein geht zur Neige. Die andere Flasche von gestern Abend steht da auch noch. Leer. Es ist eng. Immer droht etwas herunterzufallen. Manchmal Müll, manchmal ist es etwas Wichtiges.

Die Telefonrechnung zum Beispiel. Schon öfter musste ich mich wundern, warum denn mein Handy nicht mehr geht. Der Experte meint, Bankeinzug wäre da hilfreich. Aber leider arbeite ich in der Finanz-IT und bin skeptisch gegenüber allen Automatismen, die mein Geld verwalten und mit dem Internet zu tun haben. Andererseits, wenn so ein Brief da im Regal versickert, ist er für immer von der Bildfläche verschwunden.

Es sei denn, ich ziehe noch einmal um, in die Klappe vielleicht.

Und da ist mein Nachbar! Ich lach' mich kaputt! Der Pünktliche! Ist das cool!

Er hat manchmal eine Mieze. Dann schließt er nicht ab, sondern ist extrem leise und schleicht.

Heute quietschen seine Schuhe auf dem Absatz zur zweiten Treppe. Der hat neue Schuhe. Diese kenne ich nicht.

Das heißt auf jeden Fall: Wir haben jetzt alle zusammen halb acht. So viel steht fest. Langsam sollte ich duschen.

Aber ich habe doch noch was im Glas! Das amüsiert mich gerade ungeheuer. Ich könnte mich ausschütten vor Lachen! Ich rieche an meinem T-Shirt. Oh ja, duschen ist keine schlechte Idee.

Oder ich trinke den Rest aus der Gin-Flasche und melde mich krank: *Tschuldigung, ich fühle mich nicht gut.*

Das ist so doof, dass es brummt. Außerdem halb blau zum Arzt gehen ist Mist. Nein, nein, heute wird ein ganz normaler Tag. Dafür werde ich sorgen.

Mit dem Glas in der Hand rutsche ich von der Matratze runter auf den Laminatboden. Mein Hochbett ist eigentlich ein Regalsystem, genau 70 cm hoch. Darunter ist Platz für Sachen, die ich bereits lange nicht mehr vermisse.

Obendrauf ist genug Platz für anständigen Sex.

Also, war schon mal! Das ist allerdings auch wieder eine Weile her.

Zum Glück ist die Lampe im Bad eine Sparlampe, die immer Zeit braucht, um auf Touren zu kommen. Sehr sympathisch, finde ich.

Duschen.

Das warme Wasser reinigt mich nicht nur äußerlich, sondern vor allem, auf magische Weise, irgendwie anders. Viel umfassender, viel befreiender. Dann tut mir das viele Wasser leid, das da im Abfluss verschwindet. Es hüllt mich kurz ein, schützt und reinigt mich einen Moment lang. Dann ist es weg, durch den Abfluss.

Also aufhören, Schluss. Das reicht.

Plötzlich habe das Gefühl, zu spät zu sein. Wir haben Gleitzeit, ich habe locker noch eine Stunde Zeit. Aber mein Gefühl trügt nicht. Außerdem kann ich so früh In der FIrma sein, wie ich will, der Erste bin ich nie.

Im Büro angekommen höre ich folgendes: "Jetzt brauchst du dich nicht mehr zu beeilen, die Probleme haben wir schon vor einer Stunde gelöst."

Nicht jeder hat zu hohen Blutdruck, würde ich gerne antworten.

"Ja!", sage ich stattdessen. "Ist noch etwas offen?"

Telefone klingeln, keine Chance auf Antworten.

Aber die Heuchelei ging schon vorher los. Auf dem Weg über den voll besetzten Parkplatz traf ich einen Kollegen.

"Wo stehst du heute?", fragt er mich.

"Standspur A 5."

"Haa, das ist gut", grinst er. "Wenn ich die Kinder wegbringen muss, finde ich nur noch da hinten bei den Wohnwagen was."

"Schönen Gruß an Karin", sage ich cool.

Einer der Wohnwagen ist abends mit Karin besetzt. Sagt man so, in Insiderkreisen. Tatsächlich brennen in den Wohnwagen da hinten, am Abend rote Lampen, Herzen blinken. Wo da Karin wirklich unterwegs ist, weiß ich gar nicht.

"Und sonst?", plaudere ich ganz normal los.

"Sonst ist alles bestens! Und du, wie läuft's bei dir?"

"Alles super", lüge ich. "Macht Spaß im Moment."

Und das war nun aber so was von gelogen. Mein Kollege ist allerdings zufrieden mit der Antwort, fühlt sich offensichtlich bestätigt in seiner Einschätzung: Wie es uns so geht im Moment. In dieser tollen Firma in der ach so herrlichen IT Branche.

Ja, genau, denke ich ironisch. Das wolltest du doch hören. Leider bin ich schon zwölf Jahre länger im Rennen und habe so meine eigene Meinung. Der Kollege winkt forsch, nimmt die Treppen, obwohl er noch ein Stockwerk über meinem Büro arbeitet. Ich nehme den Fahrstuhl. Natürlich nehme ich den Fahrstuhl!

In der dritten Etage stürmt mir eine junge Frau vom Brötchenservice mit ihrem Rollwagen entgegen. Ich drängle mich vorbei.

"Da ist noch eine leckere Butterbrezel, haben Sie Appetit?"

Sie ist dunkelhaarig, sportlich und viel zu intelligent für diesen Job. Ich finde, sie hat Ähnlichkeit mit einer Indianersquaw. Eine interessante Frau. Beim Kaffeeholen versuche ich immer, zeitgleich mit ihr beim Automaten im Keller anzukommen. Dort, wo die Konferenzräume sind. Während sie Wartungsarbeiten durchführt und Bohnen nachfüllt oder wenn ich Kaffee zapfe und sie wartet, plaudern wir über Gott und die Welt. Ein Mensch unter lauter Zombies.

Neunzig Cent für eine Butterbrezel sind in Ordnung. Heute schaffe ich es leider nicht rechtzeitig, mit meiner Kaffeetasse im Keller anzukommen. Bis ich meinen Arbeitsplatz einsatzbereit und einen Überblick habe, ist zu viel Zeit verstrichen. Dann brauche ich auch keinen Kaffee mehr.

Drei Seiten neue E-Mails. Nach dem Löschen von bereits bearbeiteten Fehlermeldungen, ein paar Spam-Mails, die der

Mailserver wohl nicht als solche erkannt hat, und internen Nachrichten, dass schon wieder ein Projekt in Rekordzeit abgeschlossen wurde, bleibt eine Seite übrig, die Arbeit bedeutet. Es sind Anfragen allgemeiner Art, Aufträge für Neueinrichtungen, Recherchen, Aufgaben aus Projekten. Eine Einladung zum Geburtstagsfrühstück. Der Kollege ist übrigens auch noch schwer in Ordnung. Einladungen zu Meetings. Ich fange an, fühle mich jetzt schon überfordert, bei manchen Dingen finde ich nicht einmal den Ansatz, um etwas anzufangen. Reste von gestern tauchen wieder auf. Noch ein komisches Telefonat: "Ja, tut mir leid. Das ist etwas versandet. Die Kollegen der anderen Abteilung konnten mir bis jetzt keinen konkreten Termin nennen."

Weil ich niemanden erreicht hatte. Keiner ging ans Telefon, dann hatte ich keine Lust mehr und später war es vergessen.

Dies und andere Sachen. Immer wenn das Telefon klingelt, überlege ich, was denn noch alles aus meinem Gedächtnis verdampft sein könnte und auf keinem Zettel steht. Ich tue mein Bestes, aber ich komme nicht durch bis zu dem Punkt, an dem alles erledigt ist. Immer kommt Neues dazu. Ich fühle mich, als würde ich jeden Tag in diesen reißenden Fluss aus Informationen und der Suche danach hineinspringen und dieser Fluss spuckt mich abends auf eine Sandbank aus, nur um mir am nächsten Morgen wieder die Hölle heiß zu machen. Und es hört nicht auf. Wie viel tausend Stromschnellen und Achterbahnfahrten habe ich schon überstanden und ich dachte oft, dass es nach dem letzten Ritt ruhiger wird, wenn auch nur für eine Weile. Um zu regenerieren, durchzuatmen. Spaß an der Arbeit zu finden, so wie früher mal.

Ganz früher!

Aber nein! Im Gegenteil. Es wird immer turbulenter, immer schlimmer, ich sehe täglich meine Chancen schwinden, heil da herauszukommen.

Dann, nach stundenlanger Geisterbahnfahrt, schaue ich mich, wie aus einem Traum erwacht, bewusst um, ich bin plötzlich alleine im Büro. Kopfschmerzen, ein eigenartig taubes Gefühl im ganzen Körper. Es schmerzt schon gar nicht mehr, nur mein Kopf. Anschließend kann ich die Generierung eines Prozesses abschließen. Ein Probelauf und ich kann auch diesen Punkt auf der Tagesordnung von vorgestern streichen.

Ich kann nicht mehr. Ab nach Hause.

Es dauert, bis ich das Auto wieder gefunden habe. Fahre an einem rot beleuchteten Wohnwagen vorbei. Telefoniere unterwegs mit dem Chinesen um die Ecke. Ente mit Gemüse und Reis. Wenig später stehe ich mit Warnblinker in der zweiten Reihe. Jemand hupt wutentbrannt, als ich aussteige.

"Meine Frau bekommt ein Kind! Ich dreh' gleich durch! Muss nur kurz was holen! Bin ja gleich wieder weg!"

Darauf kann keiner wütend antworten. Der Mensch am Steuer winkt ab, vorher hatte er noch die Faust geballt.

Ich kann lügen wie gedruckt und abgestempelt. Meistens geht es sogar gut. Ich kenne meine Grenzen.

Etwas später, in meiner Wohnung angekommen, stelle ich zunächst einige Bierflaschen wieder hin, die ich eben beim Öffnen der Tür umgestoßen hatte. Inzwischen sind es circa zwanzig, oder Moment? Ein Sixpack ist sechs! Die Anzahl Pfandflaschen muss durch sechs teilbar sein. Donnerwetter, Restintelligenz bricht sich Bahn. Man kommt kaum noch zur Tür rein, also vierundzwanzig oder schon dreißig. Auf dem Balkon ist jedenfalls ein Karton mit Rotwein. Eine

Flasche kommt mit. Ich dränge mich am Wäscheständer vorbei, neben dem Sofa stehen Sporttaschen. Halb ausgepackt nach Dienstreisen, einfach da beim Sofa stehen gelassen. Inzwischen ignoriere ich sie, warte auf eine weitere Dienstreise und stopfe dann nur ein paar Sachen dazu und verschwinde wieder. Seit zwei oder drei Monaten ist der letzte Korkenzieher verschwunden. Beim Werkzeug liegt seitdem eine grobe Holzschraube, 6 × 55, und eine Rohrzange. Vor Kurzem hatte ich den Akkuschrauber aufgeladen, der jetzt schnell und kraftvoll die Schraube in den Korken dreht. Ein Plopp und ich schnuppere an der Flasche und dem Korken. Riecht gut. Die Ente vom China-Mann wartet auf dem Bett. Ich hole schnell die Gabel von gestern aus dem Badezimmer, wo ich sie morgens nach dem Zähneputzen abwusch. Die aufgeschnittene Plastiktüte bleibt zum Schutz des Bettlakens unter dem Schaumstoffbehälter mit meinem Abendessen. Jetzt hat es genau die richtige Temperatur.

Ich stehe vor meinem Bett, esse wie ein Häftling. Schnell, nicht sehr elegant. Was man hat, das hat man. Ein Schluck Rotwein. So langsam werde ich lockerer.

Dann krampft plötzlich mein Magen. Für eine Minute oder vielleicht auch zwei bleibe ich mit vollem Mund wie versteinert stehen, starre auf die Styroporplatten, die die kalten Fenster über meinem Bett verstopfen. Ich wage einen tieferen Atemzug, oh ja, es geht wieder. Noch eine Minute Geduld.

Alles ist wieder gut.

Erleichterung. Die Ente schmeckt, der Wein auch. Langsamer essen, einfach nicht so hektisch sein.

Auf dem Balkon sind verschiedene Mülltüten. Größere für nicht gammelnden Müll, eine normale Kunststoff-Einkaufstüte für

Verderbendes. Die Reste des Abendessens balanciere ich durch die halbdunkle Wohnung auf den Balkon.

Dann sitze ich auf dem Bett und schau mich um. Die beiden leeren Weinflaschen bringe ich auch noch raus. Jetzt ist wieder Platz.

Und ich sitze auf meinem Bett und schau mich um. Keine Idee, was ich machen könnte. Überlegen bringt nichts. Nehme ein Buch in die Hand, stopfe es wieder ins Regal.

Das ist kein Bücherregal, sondern einfach nur ein Regal. Da findet man alles. Außer man sucht etwas Bestimmtes. Das gibt es dort sicher auch, aber wo?

Und so ist gerade mein ganzes Leben. Kein Plan, kein System, keine Ordnung. Ich habe es aufgegeben.

Brauch ich einen Schraubendreher, dann kaufe ich mir einen neuen. Vermutlich habe ich ein Dutzend, aber wo?

DVDs rutschen heraus. Sie bleiben auf einem Stapel mit Kleidung und Schuhen liegen, die sich auf einem Koffer seitlich vor dem Bett türmen.

Video schauen?

Es ist merkwürdig: Wenn ich blau bin, kann ich nichts mehr machen, wenn ich noch nicht blau bin, auch nicht. Unterdessen stört es mich nicht einmal mehr. Gelegentlich lese ich oder sehe einen Film, aber oft auch nicht. Vermutlich ist heute wieder so ein Oft-auch-nicht-Tag.

Dann eben nicht. Zwanzig Uhr dreißig. Zum dritten Mal nehme ich das Buch in die Hand. Lese einen Absatz, blättere weiter, lese, lege es wieder zurück.

Eine weitere DVD Hülle rutscht raus. Wag the dog. Wäre das ein Film heute Abend? Na los!

Die Hülle ist leer. Wo mag jetzt diese Scheibe sein. Viele Möglichkeiten gibt es eigentlich nicht, aber ich suche gar nicht erst. Die Hülle landet neben dem Kopfende.

Ich schaue mich um.

Trinke Wein.

Oh, die Flasche ist schon leer? Auf dem Balkon ist genug davon. Ein, zwei Gläser noch, dann habe ich den Tag heruntergespült. Auf dem Wäscheständer liegt eine halb volle Mineralwasserflasche quer zu den Stäben. Mit der nächsten Weinflasche unter dem Arm drehe ich den Verschluss auf. Es zischt. Gut, denke ich. Ich trinke das Mineralwasser aus der Flasche, schenke dann ein Glas Rotwein ein und ich sitze auf dem Bett und schau mich um.

Woran ich denke, weiß ich nicht, zumindest weiß ich es nicht mehr, wenn ich anfange, das zu ergründen.

Was mache ich hier?

Ich bin zu Hause. Reicht das nicht?

Früher habe ich manchmal Gitarre gespielt, neue Licks eingeübt oder gemalt.

Brauch ich heute alles nicht. Wozu denn?

Pinkelpause.

Das muss sein. Einundzwanzig Uhr dreißig. Ein Glas noch, dann gehe ich schlafen.

Wollte ich mir nicht Literatur über diese Feldtheorien von Rupert Sheldrake besorgen? Das Fahrrad wollte ich auch überholen und dann sportlich in die Firma fahren.

Aber das hat alles noch Zeit.

Ich mach's mir gemütlich und schau mich um.

**Sieben Monate später**

Die Aquarellstaffelei steht ohne das kleidsame Handtuch vor dem Fenster. Aus dem Block gegenüber reicht die Neonröhre eines Frühaufstehers mit ihrem fahlen Schein bis zu mir in mein Zimmer. Seit ein paar Minuten nutze ich die wache Zeit für ein kleines Sportprogramm. Beine anheben und halten, lauter so Übungen nach einem Jacobson, und was mir selber noch so einfiel. Der Kreislauf fährt an, ich strecke mich, gähne, fühle mich leicht und frei. Mit der Fernbedienung schalte ich Licht ein. Im Oktober wird es schon später hell. Da merkt mein Handy auch, dass es Zeit wird. Ein Tastendruck, dann ist das Handy zufrieden und ich gehe duschen. Das geht schnell. Vier Minuten heiß und eine Minute kalt. Noch ein paar Nacharbeiten, frische Sachen. Jetzt bin ich topfit. Zwanzig nach sechs. In einem Topf quillt seit gestern Abend Hirse. Das wird mein Power-Frühstück. Hirsebrei mit Zimt, dazu Hagebuttenkompott aus dem Reformhaus. Während die Hirse kocht, bereite ich ein Frischsaft-Mixgetränk zu. Eine kleine Rote Bete, zwei Möhren, ein Apfel werden entsaftet. Die gehäckselten Reste rühre ich größtenteils in den Saft. Dann geht nichts verloren. Der Kühlschrank hält unter anderem Brennnesselsaft, Weißdornextrakt, Bärlauch- und Sanddorn-Pflanzenauszüge kalt. Ein großes Sortiment geballter Gesundheit. Damit es auch schmeckt, verfeinere ich mit Zitronensaft und einem guten Esslöffel Honig. Sojamilch verwandelt die Sache in ein leckeres Getränk.

Um sieben Uhr bin ich fertig. Es ist immer noch dunkel. Normalerweise wäre ich jetzt schon in der Uni, aber wir wechseln uns ab. Ein bisschen Schichtbetrieb: 7 bis 15 Uhr oder 10 bis 18 Uhr. Ein oder zwei Leute, je nach Bedarf, fangen später an und machen dann abends die letzten Rundgänge oder was sonst noch zu erledigen ist.

Wobei ich schon öfter mal bis um 21 Uhr zu tun hatte. Das gefällt mir aber gut, ich bin dann meistens alleine und mein eigener Herr.

Also habe ich jetzt wunderbar Zeit. Meine Wohnung ist immer noch ein modernes Einzimmerapartment. Wenn man außer dem Beruf keine Interessen hat, eine feine Sache. Ein Schreibtisch mit dem Laptop, ein Futon, ein Schränkchen für Klamotten. Ich habe hier nun schon so mache Lebensphase verbracht, die mit dem Laptop war auch dabei. Im Augenblick könnte ich allerdings zwei, drei solcher Apartments mit Leben füllen. Überall sind Keilrahmen. Es ist wirklich alles voller Keilrahmen, jeder freie Fleck, auf den Schränken, neben den Regalen, überall. Nur einer ist unbemalt und weiß. Leere Weinflaschen kann man wegwerfen, aber für bemalte Leinwände gibt es keine Entsorgungscontainer, die einem die Emotionen aufbereitet zurückgeben und das Bild behalten.

Kommende Woche beginne ich wieder früher. Da habe ich am Dienstagnachmittag einen Termin bei der Therapeutin. Vor ihrem Urlaub sagte sie: *Nehmen Sie doch nächstes Mal ein Bild mit. Sie hatten doch ein paar während der Kur gemalt. Das würde mich brennend interessieren.*

Wenn die wüsste! Circa vierzig Leinwände stehen schon im Keller. In der Wohnung sind es mindestens noch einmal so viele. Na gut, die im Keller habe ich aussortiert, die wollte ich nicht mehr in meiner Nähe haben. Da schaut man teilweise bis auf den Grund der Hölle. Wenn es eine gibt, wird es dort ungefähr so aussehen wie auf meinen dunklen Bildern. Eigentlich sind alle farbenprächtig und abstrakt, viele sind gar nicht düster, aber bei einigen schüttelt es mich, wenn ich sie ansehe. Also bekommt Frau Doktor ein nettes Bild im Format 50 zu 70 von der freundlichen Serie zu sehen.

Inzwischen ist die Waschmaschine gefüttert und kaut Kochwäsche durch. Meine Wohnung ist sauber und ordentlich, alles ist frisch gewaschen und akkurat. Ich bin jetzt gerne in meiner Wohnung. Es macht mir Spaß, alles in Schuss zu halten.

Schließlich ist es halb zehn. Mit dem Fahrrad bin ich ungefähr zwanzig Minuten bis zu meinem neuen Arbeitsplatz unterwegs. Ein paar Minuten früher schadet nicht.

Nach einer genüsslichen Tasse Kaffee mit den neuen Kollegen gehe ich den Tageszettel noch einmal durch. Elf Räume in drei Gebäuden. Da sind Lampen defekt oder ein Fenster schließt nicht mehr richtig, lauter so Kleinigkeiten eben. Auf der Liste stehen die Raumnummern. Genaue Koordinaten, nach denen man vorgehen kann.

"Bei den beiden Hörsälen musst du bis zur Pause warten. Ansonsten schau mal, wie es aussieht. Vielleicht kannst du abends noch ein paar abhaken."

Martin ist unser Chef. Jüngster Spross in einer Hausmeisterdynastie. Mit rund hundert Kilo Kampfgewicht ein Bär. Außerdem macht er seit frühester Jugend Jiu-Jitsu, ist unglaublich durchtrainiert. Aber Martin ist der gelassenste und strukturierteste Mensch, der mir je begegnet ist.

Bis zur Mittagspause sind wieder alle Flure perfekt beleuchtet, Scharniere bekamen den lang ersehnten Tropfen Öl. Das Sekretariat hat aus unserem Lager auch noch Sparlampen auf Vorrat bekommen. Dort, wo Studienbetrieb herrschte, habe ich dezent einen Bogen gemacht und eine Notiz auf meinem Zettel.

"Nach dem Mittag löst du dann Klaus beim Rasenmähen ab. Das ist dann auch so ungefähr der letzte Schnitt für dieses Jahr. Schaut euch zusammen noch mal die Einstellung an, wenn das der letzte Schnitt bleibt, muss der Rasen richtig kurz werden. Klaus, du gehst ja früher diese Woche. Schau dir mal den Treppenabgang zu diesem Kellerlabor am Institut an. Da brechen immer mehr Steine raus.

Spann einfach mal so'n Absperrband und lass den Schutt verschwinden. Nächste Woche mauern wir das wieder zu, wie letztes Jahr. Unser Lieblingsprof beschwerte sich heute wieder."

Wir schauen uns an und sind uns einig. Der letzte Schluck Kaffee, dann gehen wir los.

"Die Buche daneben drückt mit ihren Wurzeln immer wieder die Mauer weg", erklärt mir Klaus unterwegs. "Ist schon seit Jahren so."

"Das hält uns jedenfalls auf Drehzahl."

Klaus zündet sich eine Zigarette an. "Erinnert mehr an ein Hamsterrad, aber das ist eben unser Job. Der Mäher steht noch da vorn. Ich habe den schon auf die letzte Stellraste eingepegelt. Hier ist der Schlüssel für die Halle. Mach mal gemütlich die Fläche bis zum Parkplatz fertig, dann haben wir morgen auch noch was zu tun. So, dann sperre ich hier mal die Gefahrenzone ab und fege alles sauber, nicht wahr, Herr Professor."

Ich übernehme das Band mit dem Schlüssel und trotte weiter, dreh mich kurz um.

"Schönen Feierabend, falls wir uns nicht mehr sehen."

Klaus streckt die Arme hoch, legt eine kleine Tanzeinlage hin. Das Absperrband aus dünnem Kunststoff flattert, verwirbelt den Rauch der Zigarette. "There's no business like show business, dudeluhi." Dann winkt er grinsend und geht weiter.

Hier ist immer gute Stimmung, egal was passiert. Das fand ich von Anfang an am besten. Und es ist ehrlich gemeint.

Und jetzt kommt für mich wieder der große Intelligenztest. Ich lasse das Ungetüm von der Kette, hänge mir das Schlüsselband um den Hals. Das Starten eines alten Rasenmähers kann sich zu einer anspruchsvollen Aufgabe auswachsen. Klaus hatte mir schon einige

Tipps gegeben. Also befühle ich zuerst den Motor, ob der noch Temperatur hat. Lauwarm. Also nicht so viel Choke geben. Einmal rütteln, im Tank plätschert es. Der Kerzenstecker sitzt wackelig. Ich drücke ihn an, dabei klickert die kleine Feder drinnen über das Gewinde der Zündkerze. Der Gaszug ist entspannt, das bedeutet Leerlauf.

*Nicht so hektisch mit dem Gas,* sagte Klaus immer. Ich stelle also den Fuß zum Bremsen vor das Rad. *So, Frank, und jetzt mit ordentlich Schmalz.*

Ich probier's. Und noch mal. Und noch mal und ...! Geknatter, es riecht bestialisch. Die Abgaswolken eines alten Zweitakters steigen auf, aber ich habe gewonnen. Der alte Stinker läuft. Beim Gasgeben droht er wieder abzusterben. Ja, genau, nicht so hektisch mit dem Gas. Nach ein paar Augenblicken werden die Wolken transparenter. Ich verschaffe mir einen Überblick, dreh dann langsam auf, bis der Motor schön rund und kraftvoll läuft.

Eine Spur nach der anderen mähe ich ab. Schön langsam. Es ist ein herrlicher Tag, ich bin der glücklichste Mensch der Welt. In der einen Richtung, mit dem Wind, riecht es wunderbar nach frisch geschnittenem Gras. In der anderen drängt sich der scharfe Atem meines Rasenmähers dazwischen. Es ist ungefähr drei. Noch ein paar Bahnen, dann habe ich es geschafft.

Ein Pfiff, ich schaue mich um. Klaus winkt dahinten, geht weiter zu unserem Gebäude. Diese Woche bleibe ich länger, gehe zum Schluss durch die Hörsäle, schau nach, ob überall das Licht aus ist und die Fenster geschlossen sind.

In der großen Garage sind die Maschinen und Geräte untergebracht. Nach getaner Arbeit muss ich jetzt nur noch das Nachtanken unfallfrei geregelt kriegen. *Und nicht so hektisch mit dem Sprit!* Klaus nahm mir beim ersten Versuch gerade noch rechtzeitig den Kanister aus der Hand. Der Trichter kippte weg und verteilte ungefähr ein Schnapsglas voll Gemisch auf dem heißen Motor. Der Mäher steht vor einer Holzkiste mit Gartengerätschaften, kann also nicht wegrollen. Hingehockt balanciere ich den vorher gut durchgeschüttelten 20-Liter-Kanister auf dem Knie und suche einen günstigen Winkel, um dann den Schwall Kraftstoff genau in den Trichter zu jonglieren. Schluck für Schluck taste ich mich an das maximale Fassungsvermögen des verbeulten Tanks heran. Iterative Rasenmäherbetankung. Ohne den wackelnden Trichter aus den Augen zu verlieren, setze ich den Kanister ab, verschließe alles. Eine Blechdose neben dem großen Kanister nimmt den Trichter wieder auf. Den Kanister drehe ich lieber um, nun kann man sofort die rote Aufschrift *GEMISCH !!* lesen.

Die Kette mit dem Vorhängeschloss und dem Schlüssel gehört über einen freien Nagel, der seitlich aus dieser Holzkiste herausragt.

Irgendwas vergessen? Die anderen Schlüssel trage ich noch an einem Band um den Hals und ich probiere, das Gewebe möglichst nicht mit den Benzinfingern zu kontaminieren. Alles ist abgeschlossen.

Hände waschen! Dieser Geruch der Waschpaste erinnert mich an meinen Opa und an die Zeit, als ich, der kleine Steppke, mit Opa zusammen an seinen immer reparaturbedürftigen Autos mitbasteln durfte. Auch wenn ich nur Werkzeug reichte oder etwas festhielt, schaffte ich es jedes Mal anständig, schmutzige Finger nach Hause zu bringen. Genau wie mein Opa. Wenn er dann zu Oma sagte: *WIR haben das Auto repariert!* Dann war ich stolz wie ein Spanier.

Jetzt bin ich ein aufgerauchter Programmierer, der stolz ist, mit einem klapprigen, alten Rasenmäher umzugehen, fast wie ein richtiger Handwerker. Nur mein Overall sieht noch ziemlich neu aus und die

Fragen, die ich hier manchmal stelle, verraten, dass ich noch nicht so lange in diesem Geschäft unterwegs bin. Auch der seit Jahren antrainierte feste Händedruck täuscht nicht darüber hinweg, dass ich noch nie richtig körperlich gearbeitet habe. Meine Kollegen wissen das genau, aber ich werde akzeptiert.

*Du bist in Ordnung. Für'n Akademiker bist du echt in Ordnung*, sagte Klaus letzte Woche. Da waren mir fast die Tränen gekommen.

Ja, es geht voran. Das liegt an den vier Monaten Klapse, eigentlich nannte sich das Rehabilitationsaufenthalt, aber es hatte diesen Sanatoriumsbeigeschmack. Keine Besuche, eingezäuntes Gelände. Das Personal genauso freundlich und verständnisvoll, wie man es gegenüber Leuten mit einer Macke eben ist. Kein Klischee wurde ausgelassen. Als ich dann gleich am Anfang die anderen, wirklich Verrückten sah, war ich allerdings schlagartig geheilt und wusste, dass ich, bis auf kleinere Unschärfen, gesund und topfit bin. Die wochenlangen Gruppensitzungen, Einzelgespräche, Spaziergänge, Maltherapie und Yogastunden, der Abwaschdienst in der Kantine waren gegenüber diesem ersten Schock nur noch Kosmetik. In unserer Gruppe waren nur Ausgebrannte, keine wirklich Verrückten. Gut, ich kann jetzt weinen, ohne mich zu schämen. Sogar öffentlich, egal wie viele Menschen zuschauen oder womöglich richtig betroffen davon sind. Ich bin wieder bei mir, wie man so schön sagt. Und dieser Zustand ist sensationell! Kaum ein Augenblick in den letzten Monaten ist jenseits dieser Glückseligkeit verlaufen.

Martin ist in seinem Büro, winkt mich freundlich lächelnd herein.

"Na, alles klar? Wie weit bist du mit den ganzen Glühbirnen? Gemäht hast du auch schon, oder?"

"Ja, für morgen ist noch der letzte Streifen auf der anderen Seite übrig. Die meisten Lampen sind getauscht, alle Fenster und Türen schließen wieder. Die Hörsäle kommen jetzt dran, ansonsten bin ich fast durch. Einige Räume waren abgeschlossen, beziehungsweise es wurde noch gearbeitet. Die klappere ich später ab, frag mal ob ich kurz stören darf oder eben die nächsten Tage. Hier, die drei."

Martin schaut respektvoll auf den Zettel. "Gute Arbeit. Ja, das sind Räume für die wir zwar auch Schlüssel haben, aber die sind nur für Notfälle. Da haben die hohen Herren spezielles Equipment oder wahrscheinlich einfach nur Unordnung, die keiner sehen soll. Wenn jemand da ist probierst du es einfach, ansonsten ergibt sich schon etwas. Und schau mal hier: Umzugspläne. Das Institut für Massivbau hat wohl keinen Platz mehr, jedenfalls bekommen die im neuen Anbau den unteren Flur dazu. Da ist jetzt langsam alles fertig. Und natürlich gehen wieder die Spielchen los, dass der Platzhirsch mit seinem Gefolge die besseren Räume im neuen Anbau bekommt. Klar, oder? Du könntest schon drei Paletten mit Umzugskartons vorbereiten und im Magazin neben die Tür stellen. Aber das steigt erst kommende Woche. Da werden auch bestimmt Leute angefordert. Zimmerpflanzen umziehen, einige Möbel. Das ganze neue Zeug aufstellen. Für die sensible Forschungstechnik kommt ein Spezialservice. Wir müssen da etwas flexibel sein und Puffer einplanen. Ja, ich mache dann mal Feierabend. Bis morgen, Frank."

Martin gibt mir den Zettel zurück, schnappt seinen Deuter-Rucksack. Während ich den großen Ring mit Schlüsseln aus dem Schrank hole, höre ich Martin auf seinen Fahrrad-Klickpedalschuhen den Gang entlanggehen. Jetzt bin ich hier der Letzte.

Mit einem Karton, in dem vier Leuchtstoffröhren liegen, unter dem Arm schließe ich ab und beginne die große Runde. In dem Labor, wo Klaus vorhin den Zugang abgesperrt hatte, brannte gerade noch Licht und es bewegten sich Schatten. Da wird geforscht. Ich möchte nicht stören und bewege mich zum nächsten Checkpoint.

Ungefähr vierzig Minuten später sind auch noch Lampen in den Hörsälen erneuert. Im Souterrain neben der Treppe forscht man wohl immer noch. Die Treppe ist Teil einer illegalen Abkürzung, durch eine Tür, die nie verschlossen ist, gelangt man zu einem Kellergang. Von dort geht auch das Labor ab. Der Weg über den Haupteingang auf der gegenüberliegenden Seite und dann durch das Gebäude durch bis in diesen Keller ist deutlich länger. Vor allem liegt der Parkplatz nur zwanzig Meter entfernt. Das macht diesen Kellergang so attraktiv. Ich trödele also den langen Weg entlang, entsorge dabei die defekten Röhren und klopfe schließlich an die Tür dieses Labors.

"Reinkommen!", krächzt jemand mit Nachdruck.

Der Raum ist finster, kühl, Regale mit elektronischen Geräten, die nicht in Betrieb sind. Kabelrollen und Kartons. Voll bepackte Rollwagen, ein paar Bücherregale. Eine Leuchtstoffröhre über dem ersten Regal flackert. Die würde ich gerne austauschen. Weiter hinten vor dem Fenster ein Schreibtisch mit einer hellen Lampe. Ein grauhaariger älterer Herr sitzt vor dem Bildschirm, drei andere stehen daneben. Die beiden jüngeren Leute halten Abstand. Sie tragen Jeans und Turnschuhe, der Dritte trägt ein Jackett und Lederschuhe. Er stützt sich auf den Schreibtisch und die Lehne des Drehstuhls. Der Computer unter dem Monitor hat zwei Diskettenlaufwerke: fünfeinviertel Zoll und dreieinhalb Zoll. Ein Einschubfach ist leer. Dieses Model ist mindestens zehn Jahre alt. Hinter dem Fenster sind die baufällige Wand des Treppenabgangs und das rot leuchtende Absperrband zu sehen.

"Lassen Sie es sich endlich gesagt sein, Herr Kollege. Die Firewall ist nicht freigeschaltet. Wir kommen an die Daten nicht ran, fertig. Ich weiß zwar nicht, warum ich vergangene Nacht bis um drei an dem Auswertungsprogramm gearbeitet habe, aber das können Sie mir ja vielleicht erklären."

"Werter Kollege", erklärt der andere auf dem Stuhl. "Wer kann damit rechnen, dass meine Anweisungen einfach ignoriert werden? Das werde ich morgen persönlich klären."

Die beiden legerer gekleideten Personen, vermutlich Studenten, machen noch einen Schritt zurück. Der eine schaut sich kurz zu mir um. Die Atmosphäre ist spannungsgeladen. Dafür habe ich ein absolutes Gespür. Man riecht den Angstschweiß.

Die Luft ist aufgeladen, wie die Aura einer Kiste Dynamit auf dem Holzkohlengrill.

"Wir, also wir machen nachher das Licht aus, wir machen das schon", sagt der Langhaarige von den beiden Studenten.

"Ah, was machen Sie denn hier? Wie spät ist es überhaupt?"

"Gleich halb neun", antworte ich. Dabei stößt sich der Mann im Jackett mit Schwung ab und dreht dabei seinen Kollegen auf dem Stuhl hin und her.

"Wie lösen Sie für gewöhnlich solche Probleme?"

Der ältere Herr auf dem Stuhl schaut mich an, eher gelangweilt. Seine Arroganz erfüllt den Raum so unnachgiebig wie die Schwerkraft. Ich möchte laut loslachen, beherrsche mich selbstverständlich. Ich könnte sogar beim Bungee-Jumping mein Pokerface aufrecht halten. Aber da flackert seit Langem mal wieder dieser Jagdinstinkt auf. So wie früher, wenn es darum ging, diese eine Nasenlänge voraus zu sein. Einen Tick cleverer als die anderen, eine Millisekunde schneller, ansatzlos wie ein guter Boxer.

"Wie äußert sich das?", frage ich knapp, mit abfallender Betonung. So klingt es eher nach einer nüchternen Feststellung.

"Wie äußert sich das?", amüsiert sich mein Gesprächspartner.

"Wir kommen mit diesem PC nicht an unsere Daten, die sich irgendwo in den Katakomben des Campusnetzwerkes versteckt halten.

"Solche Rechner aus der Gründerzeit werden irgendwann wieder hoch im Kurs sein."

"Werden Sie mal nicht frech hier", sagt unser Lieblingsprofessor auf dem Drehstuhl. "Die Maschine läuft unter Linux und verfügt über ausreichend Ressourcen. Dieser moderne Speicherwahnsinn ist doch Quatsch!"

"Ja genau, Ressourcen und Rechnerleistung wurden in der Vergangenheit oft überbewertet." Als er gerade antworten will, frage ich dazwischen: "Ist der User definiert?"

"Der User, der User. Natürlich ist der User definiert. Das habe ich sogar schriftlich! Der User … "

"Dann machen Sie was falsch."

In diesem Augenblick habe ich einen Freund fürs Leben gewonnen und er schnappt nach Luft.

"Wir kommen doch gar nicht erst auf den SUN-Cluster mit diesem NFS-Share rauf! Mann!"

"Dann ist entweder der Stecker nicht in der Wand oder die Firewall ist dicht, vielleicht klappt auch nur das IP-Switching der Clusteradresse nicht. Ist ein Loadbalancer davor? Dann gibt es immer nur eine Adresse und das Natting stimmt vielleicht nicht. Im Grunde wäre außergewöhnlich, wenn es ginge."

"Spielen Sie sich nicht so auf, junger Mann", poltert mein neuer Freund los.

"Moment, halt stopp, Moment mal!", unterbricht der andere, während er sein Kreuz massiert. "Verstehen Sie was davon?"

"Das war im letzten Leben", erwidere ich.

Mein Lieblingsprofessor hält sich die Augen zu.

"Wie soll ich hier arbeiten? Dieses Dilettantentum. Womit habe ich das verdient?"

Sein kreuzlahmer Kollege sucht nach einem Strohhalm.

"Also, da liegen Daten auf einem geclusterten System mit einem Shared Pool. Messreihen hinterlassen dort seit Tagen ihre Ergebnisse. Wir können uns aber nicht an dieser Adresse anmelden, und wo sich die Maschine physikalisch befindet, weiß von uns gerade auch keiner. Es bleibt im Moment nur der Weg über das Netz. Aber uns läuft die Zeit davon. Die Auswertung der Daten dauert etliche Tage. Ja ja, der Rechner. Wir haben gerade keinen anderen bekommen, und das heute erst. In vierzehn Tagen haben wir eine V-240 von SUN zur Verfügung, aber bis dahin müssen wir mit dem Gerät weiterkommen und die Rohdaten vorverarbeiten."

Das klingt nach einem Standardfall. Eine neue Maschine ist im Netz, die Firewall ist angeblich frei geschaltet und es geht trotzdem nicht.

"Die SUN mit dem UltraSparc-Prozessor?"

Da leuchten die Augen und das Kreuz ist nicht mehr so schlimm.

"1600 MHz, das Ding ist richtig teuer."

"Inzwischen Generation n-2, aber das ist schon in Ordnung. Haben Sie schon einen Tunnel versucht?"

"Tunnel? Was ist das denn?"

"Ich habe eine Idee. Und wenn morgen nicht ihr Account gesperrt ist und Sie keine böse Mail von der Security haben, dann besteht hier allerdings auch noch ein Sicherheitsproblem."

"Würden Sie so was hinbekommen?"

"Ich müsste mich etwas umsehen, brauche ein paar Informationen und zwei Minuten. Wenn es dann nicht geht, ist ihre Security besser als woanders oder der Stecker ist wirklich nicht in der Wand."

"Herr Kollege, Sie wollen doch jetzt nicht allen Ernstes unseren Hausmeister hier ranlassen."

Da war er wieder, der Schrecken der Fakultät. Egal was irgendwo schiefgeht, er bekommt es mit und sagt deutlich, was er davon hält.

"Seit Tagen reden Sie, Herr Kollege, davon, dass wir keine Zeit haben. Gestern drängten Sie mich, das Programm zu ändern, weil vorher niemand sagen konnte, wie die Rohdaten wirklich strukturiert sind. Das versuchen wir jetzt, fertig. Lassen Sie bitte den jungen Mann an die Konsole. Das geht ohnehin auf meine Kappe, ich bin da angemeldet."

Der grauhaarige Herr, dessen Brille an einem Ohr eingehängt ist, steht auf. Mit hochgezogenen Augenbrauen tritt er zur Seite, winkt mich heran.

"Ihr Auftritt, haben Sie sich die Hände gewaschen?"

"Ich habe Hände mit dem Lotuseffekt, es bleibt absolut nichts hängen."

Ich nehme Platz und schau fragend den anderen Herrn an. Der reibt wieder an seinem Rücken herum.

"Sie sind vielleicht ein Scherzkeks. Was brauchen Sie? Wie heißen Sie überhaupt?"

"Frank Larsen. Ich brauche eine gültige User ID und die IP Adresse von diesem Zielrechner. Vor allem aber die Zugangsdaten von einem dritten Rechner, der in dem Netzsegment definiert ist, in dem auch Ihr Zielrechner steht. Da können die Speisepläne verwaltet werden oder was auch immer, völlig egal."

"Ja, warten Sie mal." Der kreuzlahme Gelehrte sucht in der Innentasche seines Jacketts. "Also, ich habe hier eine Liste der Rechner, mit denen ich zu tun habe."

"Wie lautet die IP Adresse von dem Zielsystem?", frage ich. Der Zettel auf dem Tisch ist voller Informationen und Gekritzel.

"Das ist diese, also ...", er deutet auf eine dick unterstrichene IP Adresse auf dem Zettel. "Also, die muss es sein. Das haben wir schon x-mal abgeglichen."

Ich schaue mir den Zettel an. 20.353.19.69 ist unterstrichen. Ansonsten stehen da zwei andere Adressen, die mit 272. beginnen. Es gibt also getrennte Netze, das macht man so, um Zugriffe zu kanalisieren, Systeme zu segmentieren.

"Ja, schauen Sie mal: Diese Adressen gehören zu einem Projekt der gleichen Fachrichtung. Das hier ist der Datenbankrechner mit einem Oracle, das da ist ein Rechner für ähnliche Aufgaben."

"272.30.166.5", lese ich ab und überlege. "Das ist ein völlig anderes Netz. Und wenn Sie jetzt diese 272er-Adresse hier eingeben, von diesem Rechner aus, dann erreichen Sie das System?"

"Ja ja, da will ich nur nicht hin."

"Gut, dann probieren wir mal die sanfte Tour. Mit welchem User melden Sie sich dort an? Oder machen Sie mal, dann brauche ich das Passwort auch nicht einzugeben. Ganz normal dort anmelden, bitte."

"Aber da will ich doch gar nicht hin!" Er wirkt skeptisch.

"Machen Sie einfach", sage ich trocken, rücke ihm die Tastatur hin.

"Was soll das bringen? Das geht natürlich! Physik_001 heißt der Benutzer", er tippt und schüttelt den Kopf.

Es meldet sich ein Rechner, der irgendwo in dem 272er-Netz stehen muss. Ich bekomme die Tastatur hingeschoben.

Mit /usr/sbin/ifconfig -a bekomme ich eine Übersicht der installierten Netzadapter auf diesem System.

"Ich kann das nicht mit ansehen", spricht es hinter mir. Mein neuer Freund trippelt nervös auf der Stelle.

"So!", sage ich. "Der User heißt Physik_001, oder? Dann geben Sie hier bitte das Passwort ein. Das ist eine ganz normale ssh-Anmeldung: Physik_001@ 20.353.19.69. Das ist ihr Zielrechner, habe ich schon eingetippt."

Das Gesicht neben mir spricht Bände. Mitleid, Unverständnis, Betroffenheit angesichts meiner naiven Vorstellungen von diesen ranghohen Gelehrten. Einen Augenblick lang fühle ich mich, als ob ich einem Schachgroßmeister gerade den Schäferzug erkläre. Aber der Herr im Jackett macht brav, was ich sage, gibt ein Passwort ein, drückt die Enter-Taste und erstarrt. Schnell tippt er 'bash', eine Begrüßungsmaske erscheint. Er schaut mich an, die Augen werden immer größer, Kopfschütteln, er richtet sich auf, fasst sich an die Stirn, dann an den Rücken.

"Das ist die Maschine", murmelt er kaum hörbar.

"WAS?!", brüllt es hinter mir. "Wieso? Aber, ja wie?"

"Das ist unsere Maschine, Herr Kollege."

Beim Aufstehen kann ich mir das Grinsen nicht verkneifen. "Nicht ganz fair, aber fein. Den Rest bekommen Sie jetzt selbst hin, oder?"

Ohne Schnörkel mache ich mich auf den Weg zu meinem Karton mit Leuchtstoffröhren. Ich fühle mich klasse. Die blinkende Röhre kann auch noch bis Morgen warten. Meinen Taschenspielertrick muss ich jetzt erst mal genießen. Unter den Blinden ist eben der Einäugige der König.

"Moment, halt, Moment mal! Ich verstehe überhaupt nichts."

"Die Verbindung steht, jetzt sind Sie dran. Sie müssen doch wissen, wo die Daten sind."

"Das Kommando MC geht nicht. Was soll das denn? Kann man da auch irgendwie anders, also nachschauen?"

"Is -l oder erst einmal pwd, dann sehen Sie das aktuelle Verzeichnis."

"Was was was, bleiben Sie hier!" Mein neuer Freund schaut mich entgeistert an.

"Der Midnight-Commander ist nicht installiert. Wie wär's mit line-commands, so wie früher. Ist doch genau Ihre Welt."

Ein vermutlich in seinem Fach weltbekannter Professor steht mir mit offenem Mund gegenüber. Sein Kollege im Jackett hat sich gesetzt und tippt einen Verzeichnisnamen von seinem Zettel ab.

"Alles da, alles. Hier, letzter Eintrag 20:01 Uhr, davor ungefähr stündlich, Ergebnisdateien. Alles da!"

"So, und Sie erklären mir jetzt, was Sie da gemacht haben. Das will ich jetzt aber ganz genau wissen!"

"Ja, Herr Professor", erwidere ich brav. "Sie haben hier am Campus mindestens zwei getrennte Netzwerke. Das eine hat Adressen beginnend mit 272.x, das andere beginnend mit 20.x. Ihre

Zielmaschine und diese andere Maschine, über die wir jetzt gegangen sind, haben jeweils mehrere Netzwerkadapter. Eben für diese beiden Netze und auch noch mehr für Datenbanken und shared storage. Egal, von diesem lokalen Rechner sind Sie nicht auf die 20.x-Adresse gekommen, sondern nur auf die 272.353.x-Adressen. Warum auch immer. Der Zielrechner hat aber auch noch eine 272.x- Adresse, die kennen Sie nur nicht. Also sind wir zuerst auf einen Rechner in dem Netz mit der 272.x um von dort ist dann das Netz mit 20.x zu erreichen. Die Rechner untereinander sind offensichtlich gegenseitig freigeschaltet."

"Unglaublich", murmelt der Herr Professor mit gesenktem Haupt. In dem Moment brummt es in meiner Overalltasche, dann gibt mein Handy den SMS-Signalton von sich.

"Ihr Telefon bellt."

"Die Frühlingsrollen sind fertig", bemerke ich und mit einer beiläufigen Bewegung. "Wenn man etwas Geduld hat, bekommt man die sogar nach original chinesischem Rezept."

Mein Freund und sein Freund sind anscheinend unkonzentriert. Der Langhaarige hinter mir prustet plötzlich los, versucht sich das Lachen zu verkneifen. Immerhin einer von Vieren hat den Witz verstanden. Natürlich habe ich keine Frühlingsrolle mit Hund bestellt, es kam irgendeine Nachricht, aber der kleine Scherz hatte in dieser sozial-emotionalen Komposition gerade noch gefehlt.

Es dauert noch eine halbe Stunde, bis die Herrn-Professoren ihre Spickzettel angefertigt haben, um sich dann in die Datenfluten zu stürzen. Um die flackernde Röhre kümmere ich mich trotzdem erst morgen. Ich lasse noch etwas meinen Auftritt wirken. Kurz darauf verstaue ich den Overall in meinem Spind. Feierabend.

Die Fahrt nach Hause macht gar keinen Spaß. Es ist nasskalt geworden, sporadisch leichter Nieselregen und der Wind kommt genau von vorn. Zum Glück habe ich mir eine High-End-Outdoor-Ausrüstung zum Fahrradfahren besorgt. Alles ultraleicht, super funktional und sauteuer. Das Auto ist verkauft. Von dem Erlös konnte ich den Rest des Kredits zurückzahlen und hatte sogar noch reichlich Spielgeld übrig. Ein ordentliches Rad stand schon immer im Keller, nur die Regenkleidung vom Discounter war nicht so toll. Im Kellergang schüttele ich den Regen von meinen Sachen ab und gehe dann die sechs Etagen zu Fuß. In gemütlichen Puschen und einer weiten Leinenhose bereite ich einen Jasmin-Tee zu. Da war doch eine SMS vorhin. Klar, mein Handy erinnert sich. Es ist ein Gruß von der Küste, meiner Heimat:

*Und jetzt hat Kay eine weitere neue Halle. Diesmal gekauft! Für den Verein zur Erhaltung klassischer Jachten. Um da arbeiten zu können, muss aber noch Drehstrom neu verlegt werden und lauter so Sachen! Aber Kay sagt, der Preis ist gut. Ich glaub ihm das mal. Der macht vielleicht Sachen. Jetzt hatte jemand die Idee, den Platz für eine Kunstausstellung zu nutzen, bis alles fertig ist und Kay eine Werkstatt draus gemacht hat. Im Augenblick ist da eine Bildhauerin drin, die hauptsächlich die schmiedeeisernen alten Fenster restauriert. Hast du nicht auch schon mal gemalt? Ruf doch mal an, abends nach neun, wenn die Kleine im Bett ist. Bis 11 erreichst du uns immer. Wir brauchen jede Menge Material! Liebe Grüße, Rita.*

Allerdings, da kann ich helfen und meine Bude würde endlich mal normal aussehen. Jede Menge? Das ist klasse.

Jasmin-Tee ist etwas Feines. Angeblich ist es der kaiserliche, ein besonders kostbarer Tee. Im Hängeschrank ist ein halbes Dinkel-Vollkornbrot. Mit dem schönen japanischen Messer schneide ich mir eine Scheibe ab und putze es anschließend gleich wieder

sauber. Butter drauf und eine Prise Salz. Ich beiße sofort ab. Lecker.
Auf meinem Kanapee strecke ich mich aus, der kleine Tisch mit Brot
und Tee ist in Reichweite. Hier ist wirklich alles voller Leinwände.
Vielleicht kann ich dort ein paar verkaufen. Das wäre der Hit! Ich
schaue auf die Uhr, 22:22 Uhr. Das sieht schön aus und ist noch im
Zeitfenster. Donnerwetter, das Brot ist klasse. Ich brauche noch eine
Scheibe. Jetzt habe ich auch die Teekanne dabei. Ich mache es mir
mit einem Buch auf den Kissen gemütlich, die Stehlampe leuchtet
meine Leseecke aus. Ein Buch von Paul Auster. Gut, aber nicht
unbedingt leichte Kost. Tolle Illustrationen.

Jetzt aber! Das Handy kennt natürlich die Nummer von Rita und Kay.
Meine Augen sind angestrengt und ich blinzele auf den kleinen
Monitor, tippe die Zahlen auf dem Festnetztelefon ein. Es dauert
einige Rufe, die haben nämlich eine ziemlich große Altbauwohnung.
Die Wege sind dort länger.

"Ja hallo?"

"Ich bin's, Frank. Hallo Rita. Na, was macht die Kunst."

"Orr Mann, frag nicht. Aber eigentlich ist es wie immer bei uns.
Chaotisch eben. Kunst ist ein gutes Stichwort. Wir wollen da was
probieren. Hast du was zum Ausstellen? Oder kennst du jemanden?"

"Während meines Zwangsurlaubs bei den Dachdeckern habe ich
massenhaft Bilder gemalt. Habe wieder richtig Spaß daran gefunden,
hier ist alles voll von Bildern."

"Also, ich weiß nicht wirklich, was sich Kay dabei gedacht hat. Die
Halle ist jedenfalls riesig. Eine alte, riesige Eisenbahnhalle. Hat
gerade erst wieder fließendes Wasser bekommen! Das war wohl
Jahrzehnte abgeklemmt, die Rohre waren kaputt, na ja. Das ist alles
der Hammer! Ja, also wenn man das gut aufteilt, könnte man eine
schöne Ecke mit fünf oder sechs Bildern machen. Da stehen schon

mobile Trennwände rum. Die muss man bloß streichen, sind komplett verdreckt. Ein paar Campingstühle oder Bierbänke, Kaffee und Kuchen. Ja, so hatten wir uns das gedacht."

"Vermutlich habe ich schätzungsweise hundert Bilder. Die meisten sind 50 mal 70."

"Was? Hundert? Nee, oder?"

"Locker hundert, ich habe gerade gestern mal grob überschlagen. Hundert kommt auf jeden Fall hin. Wann soll das losgehen?"

"Borr, hundert Bilder? Alle Achtung. Also das wäre, ich finde gar kein anderes Wort, GEIL wäre das! Wir planen natürlich, das Weihnachtsgeschäft mitzunehmen. Nächsten Monat. Bekommst du die alle in dein Auto? Du hast doch noch diesen Flitzer, oder? Den Bi-Turbo?"

"Nein, den habe ich verkauft. Ich brauche kein Auto mehr."

"Oh verkauft? Das schöne Auto! Oh, das ist aber schade. Das bedeutet für dich viel Handgepäck, hahaa! Da musst du dir wohl was einfallen lassen, Frank. Ja, wie sieht's aus, würdest du da überhaupt mitmachen?"

"Natürlich, endlich mal berühmt werden."

"Super, Frank. Ich frag' noch mal Kay und die anderen, wie die Planung aussieht, und dann sag' ich dir Bescheid."

"Alles klar, ich packe hier schon mal zusammen, und wenn du dich rührst, geht das Zeug per Post auf die Reise."

"Frank, das wird großartig. Und dann machen wir eine Hammer-Vernissage mit allem Schnickschnack. Da musst du aber dabei sein, also spätesten dann. Willst du nicht mal wieder Urlaub im Norden machen?"

"Das pegeln wir dann schon ein, wenn ihr konkrete Termine habt.
Genau, so'n paar Tage raus, das wär's doch. Gut, ich bereite alles
vor, du gibst mir die Koordinaten von dieser komischen Halle."

"So machen wir das! Gut, Frank, würde mich freuen. Oh, die Kleine
nervt schon wieder. Aber so machen wir das jetzt, oder?"

"Alles klar, Rita. Ich hör' von dir. Tschüss erst mal."

"Ja, bis später. Tschüss."

Ich lege den Hörer wieder auf. Da in der Ecke sind auch noch
Keilrahmen, die mir gestern gar nicht aufgefallen waren. Am besten
werde ich gleich alle los. Raus damit! Immer schön dynamisch
bleiben, nichts festhalten, alles muss fließen. Dann fließt auch die
Energie.

Ohne genau zu wissen warum, freue ich mich wie ein kleines Kind.
Noch ein kleiner Schluck Tee, der ist natürlich fast kalt. Schmeckt
aber trotzdem. Ich beschließe, ins Bett zu gehen. Das Buch bleibt auf
dem kleinen Tisch liegen, das Holzbrett, Teekanne und Tasse
kommen um die Ecke in die Küche. Das Brot steht da offen herum,
ich hätte es wieder wegpacken sollen. Macht nichts, der Rest geht
ohnehin morgen weg. Unter dem heißen Wasser ist das Geschirr
schnell abgewaschen. Frühstück nicht vergessen. Eine Handvoll
Hirse und etwas kaltes Wasser. Jetzt kommen im Bad die Zähne an
die Reihe. Auf dem Weg schnappe ich das Handtuch, das eine Ende
ist etwas klamm, und frische Unterwäsche für morgen früh. Noch eine
kleine Meditation, und dieser Tag ist auch zu Ende. Zwanzig Minuten
später schaue ich im Schneidersitz, völlig entspannt in meine
Wohnung und entdecke natürlich Leinwände auf Keilrahmen. Wäre
gut, wenn ich die loswürde. Ich fühle mich schon wieder versandet
davon, obwohl ich gerne male. Es tut mir gut. Aber da muss jetzt
Bewegung rein. Raus damit.

## Hoch im Norden

Drei Wochen später bringe ich mehrere Pakete zur Post. Auf allen steht die Adresse dieser alten Eisenbahnhalle.

Und weitere zehn Tage später fahre ich mit Bernds Fahrrad um die Förde herum, auf die andere Seite, zur Halle. Die Vernissage war für die erwartungsvollen Kunststudenten und auch für Silke eher ein Reinfall. Eigentlich habe nur ich einiges verkauft, zum Erstaunen aller. Silke macht mich nervös, und der Gedanke, dass ich jetzt bei ihr untendurch bin, gefällt mir gar nicht. Um das wieder geradezubiegen, überlege ich schon seit Tagen, wie ich auf sie zugehen könnte, ohne die Situation zu verschlimmern. Ich weiß, dass sie dort in der Halle an den Fenstern arbeitet.

Da ist die kleinere Tür in dem rechten Hallentor. Beim Öffnen kommt alles in Bewegung, die Hallentore scheppern. Ich versuche locker zu werden und gehe rein und halte mir sofort die Hand vor die Augen. Ein Lichtbogen erhellt die Halle bis in den letzten Winkel. Sie schweißt gerade an einem Fenstergitter, stellt jetzt aber alles ab und wundert sich über den Besuch.

"Na Silke, wie geht's denn so?"

"Willst du das wirklich wissen?"

"Natürlich!"

"Alles Scheiße, Frank!"

"Tut mir leid, hast du wirklich nichts verkauft?"

"Natürlich nicht! Mann! Wenn man reinkommt, sind da erst mal deine Bilder. Dann kommen deine Bilder, etwas weiter hinten sind deine Bilder und dann kommen wieder deine Bilder. Anschließend fragten sich alle, was denn bloß dieser zusammengeschweißte Schrott wohl noch darstellen soll, der da im Weg steht. So sieht das aus, Mann."

"Wir schmeißen alles in einen Topf, das war doch von Anfang an so besprochen."

"Behalt deine Kohle."

"Schade. Ich bin doch hier der Außenseiter, lass mich irgendwas machen."

"Du kannst mir helfen."

"Wie denn?"

"Halt mal das Eisen, das da liegt, an die Markierung hier, wenn's geht im Winkel."

Ich halte das geschmiedete und gedrehte Stück Eisen mit beiden Händen fest und probiere, mich wegen des Winkels an dem Absatz der Mauer zu orientieren.

"Ja, so halt das mal." Sie nimmt die Schweißer-Maske vor das Gesicht, ich drehe mit geschlossenen Augen den Kopf weg. Ein Lichtbogen blitzt auf. Elektrischer Strom schießt durch meinen ganzen Körper.

"AH!"

Das Stück Eisen fällt auf den Absatz und dann auf den Boden, nachdem sich meine Hände wieder entkrampft hatten.

"Festhalten, Mensch."

Das kenne ich. Diesen etwas gemeinen Trick hat mir Klaus bereits erklärt. Allerdings hat er mir die Sache erzählt und nicht an mir demonstriert. Also gut, um eine Erfahrung reicher. Klaus ließ einen Praktikanten ein paarmal zusammenzucken. Den konnte er nicht leiden. Offensichtlich hatte Silke etwas gegen mich. Diesmal probiere das Stück Eisen kräftig gegen den Rahmen zu drücken, drehe den Eisenstab an den Rahmen, um möglichst guten Kontakt herzustellen. Die Erdungsklemme des Elektroschweißgerätes sitzt nicht weit weg. Diesmal sollte sich der Strom mehr in den Metallteilen bewegen.

Silke sieht mich an wie ein Kind, dem man gerade etwas verboten hat und das nicht gewillt ist, auch nur den Versuch zu machen, das Verbot zu beachten. Der nächste Lichtbogen bleibt stabil. Ich halte das kurze Kribbeln aus, dann sind die beiden Metallstücke miteinander verbunden. Kein Kribbeln mehr.

"Du bist clever!"

"Du bist unfair."

"Unfair? Dass ich nicht lache! Rita sagte: Der bringt ein paar Bilder mit und Frank ist echt in Ordnung, ein Aussteiger. Du bist ein Abzocker, mein Lieber!"

"Wo ist die nächste Strebe? Gelegentlich ein Stromschlag ist gut gegen Rheuma."

"Die Streben für die andere Seite muss ich erst noch anfertigen. Ich glaub, ich habe auch keine Lust mehr."

"Ist auch schon sechs Uhr."

Sie richtet das gerade angeheftete Stück Eisen aus und setzt kurz einen Schweißpunkt auf der anderen Seite. Ich schaffte es gerade noch, die Augen zu schließen. Damit ist jetzt jedenfalls die Strebe fixiert. Dann schaltet sie das Gerät ab, schiebt es an die Mauer. Die Packung Elektroden kickt sie hinterher. Auf dem Mauerabsatz des Fensters steht eine Flasche Rotwein. Silke legt die Maske und die groben, langen Handschuhe auf das Schweißgerät, nimmt dann die Flasche.

"Du auch?"

Ich mache einen Schritt, ihr entgegen, und probiere. Es ist Rotwein, immerhin kein Kaltreiniger. Einfacher Rotwein.

"Nicht ganz deine Lage, oder?"

"Der ist gut. Ein schöner Landwein."

Silke nimmt mir die Flasche wieder ab. "Mit Cola kann man den besser trinken, aber dafür hatte ich bloß kein Geld mehr. Komische Probleme, oder?"

"Ich bin Hausmeister, da unten in Lummerland. Bei mir sprudelt es auch nicht so doll."

Sie nimmt einen kräftigen Schluck, dreht sich kopfschüttelnd weg.

"Hausmeister! Jetzt bist du Hausmeister. Vorher warst du doch aber der Wichtigmann in so einer IT-Firma. Oder nicht?"

Mein Ruf eilt mir anscheinend voraus. "Den Job habe ich nicht mehr ausgehalten. War jeden Abend besoffen und dann im Sommer vier Monate in der Psychiatrie."

Silke lacht kurz, sagt dann mit dem Unterton wie die ältere Schwester: "Gratuliere, da war ich auch schon! Offen oder geschlossen?"

"Keine Besuche, Zaun draußen rum, keine Telefonate ohne Unterschrift vom Arzt."

Jetzt lächelt sie freundschaftlich, hält mir wieder die Flasche hin.

"Komm, trink noch einen Schluck, Bruder. Oder warst du da auf Entzug? Dann bist du seit dem Schluck gerade eben schon wieder auf dem Weg in die Hölle."

"Ich bin kein Alkoholiker", und ich trinke einen Schluck.

Silke lacht sich kaputt, nimmt mir die Flache ab. "Ich auch noch nicht." Sie muss absetzen vor Lachen. "Noch nicht!"

Dann schwenkt sie die Flasche, in der gerade noch geschätzt ein reichliches Glas drin ist. "Hier! Trink aus, mein Freund!"

"Und dann?", frage ich sie.

"Trink aus, ich habe genug. Nun trink schon!"

Mir geht es etwas zu schnell, aber ich trinke aus, schüttle sogar den allerletzten Tropfen heraus.

"Sollen wir etwas essen gehen? Ich lade dich ein. Habe ja reichlich Geld mit den Bildern gemacht."

Silke nimmt mir die Flasche ab, wirft sie in einem hohen Bogen in eine Blechtonne an der Seite. Es poltert gewaltig durch die ganze Halle.

"Nee, wirklich nicht." Sie winkt ab.

"Warum nicht? Wir sind Kollegen und ich habe gerade einen guten Schnitt gemacht. Also kommst du mit, wenn ich etwas essen gehe, ist doch klar! Los, worauf hast du Lust?"

Silke schüttelt den Kopf. "Jetzt nicht. Ich bin schon etwas angetütert, verdreckt und fertig für heute."

"Also dann morgen!"

Jetzt schaut sie mich eher aggressiv an. "Was soll das? Schlechtes Gewissen oder brauchst du etwa Geschlechtsverkehr? Willst du dich womöglich bei mir ausheulen?"

Es tut weh, aber ich gehe nicht auf ihre Anspielungen ein.

"Ich gehe ohnehin was essen. Es würde mich freuen, wenn du mich begleitest."

"Morgen, großer Meister. Aber das läuft anders: Du bringst anständigen Wein mit und ich besorge Fertig-Pizza und dann zeige ich dir mal, wie toll es ist, ein freier Mensch zu sein! Und zwar hier."

"Neunzehn Uhr?"

"Nimm ruhig eine Flasche mehr mit, ich trink' schon eine alleine."

"Soll ich sonst noch etwas mitbringen?"

Ihr Blick ist frech. "Holz für den Ofen." Dabei nimmt sie die Wollmütze ab, macht die Haare auf und den Reißverschluss des Overalls. Etwa ein Viertel, genauer gesagt, die linke Seite ihres Kopfes ist kahl geschoren und blank rasiert. Ich erschrecke.

"In Ordnung! Silke, dann morgen hier mit Wein und Holz."

"Ist noch was?" Sie schüttelt ihre Haare aus.

"Nein, alles klar. Bis morgen."

Ich fühle mich irgendwie abgefertigt. Früher hätte ich ärgerlich reagiert. Aber wozu eigentlich? Es ist bescheuert, in einer angespannte Stimmungslage egoistisch auf irgendwas rumzureiten. Seit diesem Sommer bin auf dem Weg zu einem richtig sozialen Menschen. Und es gefällt mir, wieder in der Defensive, eher im Hintergrund zu leben, die Welt und vor allem mich selbst nicht so wichtig zu nehmen. Ohne noch groß zu winken oder sonst irgendwie Anstalten zu machen, mich von Silke zu verabschieden, verlasse ich die Halle. Die Tür scheppert beim Schließen. Ich radle los. Silke ist wirklich eine interessante Frau, aber seit dieser Vernissage, bei der ich gleich am Abend schon 18 Bilder verkaufte und an den folgenden Tagen weitere 13, ist sie mir gegenüber ablehnend. Vielleicht renkt sich das bei einer Flasche Rotwein wieder ein. Obwohl, jetzt habe ich sie einfach so stehen lassen, das war auch nicht die feine englische Art. Und schon tut es mir leid, ich kann immer noch ziemlich arrogant sein. Ich denke über ein Geschenk nach. Sie würde sich sicher darüber lustig machen, wenn sie mein schlechtes Gewissen bemerkt. Aber Feuerholz werde ich kaufen. Auf dem Weg ist ein Baumarkt, der so was hat.

Und Silke war auch in der Psychiatrie? Dieses Geheimnis hatte mir noch keiner verraten. Die haben alle dicht gehalten, obwohl wir uns lange und gut kennen. Die plaudern doch sonst alles aus.

Zum Glück bin ich bei Bernd untergekommen. Er wohnt im Moment bei seiner Freundin und seine Bude steht leer. Gut für mich! So kann ich mir Zeit lassen. Die Bezahlung wird wahrscheinlich in einem Kasten Bier und einer Flasche Rum bestehen, die an einem gemütlichen Abend angefangen werden. Einen längeren Aufenthalt im Hotel wollte ich mir nicht leisten. Obwohl, nach den guten Kunstgeschäften wäre das locker drin, aber ich hatte auf Sparflamme geplant. Und so bin ich auch dichter an den alten Freunden dran. Bei der Bank sind noch Papiere, mehr oder weniger fest angelegt. Da komme ich aber nicht so leicht ran und ich habe auch keinen Überblick mehr.

Mir geht meine momentane Situation durch den Kopf. Da war diese Sache mit der Vernissage. Letzten Freitag kam ich morgens mit dem Schlafwagen in Hamburg an. Die Bilder waren bereits in der Halle und bis um 14 Uhr hingen alle an den frisch gestrichenen Stellwänden. Alle waren in Aufregung, nur ich nicht. Etwas später ging es dann los. Das hatte mir gefallen, das war wie früher bei den Messen in Hannover. Ich trug einen Nadelstreifenanzug und teure Schuhe und ich sah richtig seriös aus.

Und in knapp zwei Wochen geht es wieder zurück in mein Hausmeisterleben. Ich freue mich darauf. Das ist ein neues Gefühl. Ich freue mich auf meine Arbeit und darüber, wieder bei den Kollegen zu sein.

Eine verrückte Zeit. Mein Leben hat sich um 180 Grad gedreht.

Inzwischen nähere ich mich mit leerem Rucksack dem Supermarkt.
Bananen und eine Tüte Äpfel, das reicht mir als Verpflegung.
Außerdem fand ich ein paar schöne Flaschen Rotwein. Es ist der
Reserva, der lange Zeit mein diabolischer Begleiter war. Außerdem
finde ich Blätterteiggebäck zu dem prima ein Stück Gouda passt.

In Bernds Wohnung setze ich mich in die Küche. Die Bananen sind
mir noch zu unreif und das alkoholfreie Bier ist zu kalt. Etwas später
gibt das Radio Wetterprognosen ab. Es wird kalt werden. Ob ich hier
oben Arbeit finden würde? Immerhin ist hier meine Heimat. Morgen
hole ich mir eine neue Zeitung. Das Handy meldet sich. Wer mag das
sein?

"Hallo?"

"Rita hier. Na, wie geht's dem großen Künstler?"

"Eigentlich klasse! Aber sag mal, kann es sein, dass alle sauer auf
mich sind, weil ich so'n paar Bilder verhökert habe?"

"Du hast mit Marie gesprochen, stimmt's?"

"Genau, mir scheint, bei der bin ich unten durch. Und ich bin mit ihr
noch bei Silke. Egal jetzt. Sie ist sauer auf mich oder besser gesagt
enttäuscht. Das tut mir leid! Ich dachte, dass ich der totale
Außenseiter bin."

"Das dachte sie wohl auch. Wie findest du sie? Ist doch eine starke
Frau, findest du nicht?"

"Ich war vorhin mal in der Halle, wir haben uns für morgen Abend
verabredet."

"Und ich dachte schon, ich muss euch auf die Sprünge helfen. Vielleicht seid ihr dann auch bald mal bei Marie und Frank. Was wollt ihr denn machen?"

"Sie macht Pizza und ich bringe den Rotwein mit. Und Holz für den Ofen."

"Bei ihr, in der Halle?"

"Sag mal, lebt Silke wirklich da oben über den Büros, in diesem Verschlag?"

"Lass dich überraschen. Das war früher ein Teil des Lagers. Sie hat sich hinter der alten Holzverkleidung eine richtige gemütliche Wohnung ausgebaut. Mit einem schönen Bad und alles gemauert. Hab Geduld mit ihr. Sie braucht etwas länger, bis sie Vertrauen zu einem hat."

"Bei mir wird es wohl noch etwas länger dauern. Vielleicht renkt sich das bei einer netten Tasse Rotwein und ein wenig Nett-Schnacken wieder ein."

"Pass bloß auf, dass du keinen Mist erzählst. Wenn du es nicht ernst meinst, nimmt sie dich auseinander. Dann wird das nie was mit euch."

"Willst du uns verkuppeln?"

"Ich mag euch beide sehr. Und wenn ich so an die nächste Fete denke, sehe ich euch zusammensitzen und Händchen halten. Ich weiß auch nich'."

"Na prima, können wir das vielleicht selber regeln?"

"Ich kenn' dich doch, da helfe ich lieber mal nach."

"Ungefähr nächste Woche bin ich doch schon wieder weg, das ist doch alles Mist. Egal, ich werde dir berichten!"

"Wieso suchst du dir eigentlich nicht hier oben einen Job? Hast du Freunde da unten im Wilden-Süden?"

"Vielleicht neuerdings, aber sonst nicht so. Aber hier oben gibt's doch nichts. Hast du vielleicht einen Job für mich?"

"Wir schauen schon alle und halten die Ohren auf. Aber im Moment ergeben sich lauter neue Sachen. Die Halle war plötzlich da, die Ausstellung. Mal sehn. Ja, dann viel Spaß morgen, und grüß Marie, ähm Silke."

"Ja gut, Gruß an deinen Schiffbauer. Samstag, Sonntag kannst du mich zum Kaffeekochen in der Halle einteilen. Da ist doch wieder offen?"

"Wir haben sogar eine kleine Anzeige geschaltet. Klasse, das ist prima, ich bin auch da. Gut, bis später. Ruf mal an."

"Mach' ich, bis dann."

Das Handy muss an die Steckdose. Aber Rita macht sich ja vielleicht Gedanken. Und Silke ist vermutlich halb so alt wie ich, das kann doch nicht gutgehen. Das Radio dudelt, dann kommen Nachrichten mit den gleichen Infos wie heute Morgen. Und es wird immer noch kalt, die nächsten Tage. Langsam habe ich es verstanden. Das mit dem Feuerholz ist vielleicht wirklich eine gute Idee.

Am nächsten Morgen beim Lüften merke ich, dass das Radio recht hatte. Es ist klar und kalt. Zum Frühstück gibt es Tütenmüsli aus dem Reformhaus und Joghurt aus dem Kühlschrank. Alles ist zu kalt. Aus meinem Koffer krame ich erst mal die Mütze und eine dicke Fleecejacke heraus. Heißer Jasmin-Tee bringt mich langsam wieder nach vorn. Mit dem Becher in der Hand gehe ich auf und ab, schaue nach draußen. Von der Küche aus hat man einen Blick über das angrenzende Gartengelände. Keine Menschenseele ist zu sehen. Es folgt die tägliche Kontemplation. Zwanzig Minuten später plane ich ganz entspannt den Einkauf. Dick eingepackt, mit Handschuhen und Mütze, radle ich dann los. Der Fahrtwind schneidet ins Gesicht. Nach der ersten Tour brühe ich mir wieder einen Tee und überlege, was noch fehlt und was ich mache, wenn der Baumarkt kein Kaminholz hat. Um sicherzugehen, radle ich wieder los. Wer hat heutzutage Brennholz, überlege ich? Aber die Neureichen werden doch wohl kaum im Wald Bäume fällen für die Kamine zu Hause. Also muss es Feuerholz zu kaufen geben. Der Baumarkt ist gut geheizt, ich taue langsam auf und neben dem Kaminholz gibt es hier kleine, gebundene Stapel mit Briketts. Perfekt, aber das kaufe ich erst nachher auf dem Weg zur Halle. Als es nichts mehr zum Anschauen und Stöbern gibt, verlasse ich die warme Oase wieder. Eine deftige Mahlzeit wäre jetzt genau nach meinem Geschmack. Der Rückweg führt mich an einem Parkplatz mit einer Wurstbude vorbei. Mit Bernd war ich öfter hier, wenn ich in den letzten Jahren hier oben Urlaub gemacht hatte. Diese Frittenbude ist ein kulturelles Zentrum und Horst eine Institution.

"Einen heißen Hund."

"Rohe oder geröstete Zwiebeln?"

"So'n paar geröstete, bitte."

"Bist du nicht der Kumpel von Bernd?"

"Genau! Bin ungefähr drei Wochen hier oben und kann in seiner Bude wohnen."

"Grüß ihn mal. Der muss 'n festen Job haben, neuerdings. Ist länger nicht hier gewesen."

"Stimmt, in Dänemark, und er wohnt jetzt eher bei Maren. Mit denen läuft es wohl gerade gut."

Die Hotdogs, genau wie alles andere hier, schmecken sensationell. Das ist wirklich die beste Frittenbude, die es gibt. Ich zahle und genieße den heißen Imbiss.

"Horst, gib mir noch mal eine Serviette. Die Dinger sind super, aber echt schwierig zu essen."

Horst grinst: "Musst öfter mal zum Üben kommen."

Ein echter Geschäftsmann, das gefällt mir.

"Ja, das glaube ich auch."

Noch ein Bissen. Kauend prüfe ich, wo ich überall Ketchup oder Senf verteilt habe. Aber nur die Finger sind beschmiert, Glück gehabt.

"Na dann bis später."

Ich entsorge die Servietten. Horst winkt. Er sieht zufrieden aus.

Unterdessen ist es 14.40 Uhr. Nach ein paar Minuten bin ich wieder in der Küche und koche Teewasser. Im Haus ist es still, nur hier und da tauchen Geräusche auf, weit weg ist ein Motorrad zu hören. Bei der Kälte?! Ich schlürfe Tee, gehe den Geräuschen nach und freue mich über mein neues Leben. Es brachte mir Gelassenheit und einen Job, der mich zufrieden macht. Und dieses Leben hat mich jetzt hierher gespült. Obwohl ich eigentlich kein Künstler bin, konnte ich ungefähr 4000 Euro mit Bildern verdienen und habe damit die wirklichen Künstler und Kunststudenten um Längen geschlagen. Das ist wirklich verrückt. Normalerweise müsste ich das versteuern, aber mit solchen Sachen kenne ich mich nicht so aus. Anstatt die Zeit sonst irgendwie zu vertrödeln, lege ich mich hin, das Handy soll mich um 18.00 Uhr wecken.

Als es piepst, bin ich schon im Bad und eher müde als ausgeschlafen. Träge und nicht so ganz bei der Sache packe ich zusammen. Zwischen die Flaschen im Rucksack stopfe ich das Stück mittelalten Gouda und, etwas vorsichtiger, drei Pakete Blätterteiggebäck.

Es ist schon wieder kälter als heute Morgen, ich trete ordentlich in die Pedale, um warm zu bleiben. Im Baumarkt entdecke ich zum Glück Spanngurte an der Kasse, ein Sonderangebot. Erst da merke ich, dass ich mir bis dahin überhaupt keine Gedanken um die Befestigung meines Gepäcks gemacht hatte. Dank des Gurtes für 2,99 bekomme ich die Briketts gut fixiert und obendrüber hängt jetzt ein Netz mit mindestens 15 kg Feuerholz. Das Fahrrad ist instabil, es fährt sich sehr wackelig. Die letzten Meter schiebe ich.

18.55 Uhr. Eine Punktlandung. Dann ist die Hallentür verschlossen. Dic wird mich doch wohl nicht verselzen? Ich lehne das Rad an, bahne mir durch das Gestrüpp einen Weg an das andere Ende der Halle. Dort irgendwo müsste Silke ihre Wohnung haben. Etwas rauscht. In dem Fallrohr, das von der Dachrinne kommt, fließt Wasser. In ungefähr vier Metern Höhe ist ein neues Teilstück eingesetzt, ein Kunststoffrohr geht davon ab und verschwindet in der Wand. Das Geräusch nimmt ab, nur noch ein leichtes Plätschern, dann ist nichts mehr zu hören. Jedenfalls nicht aus dem Rohr. Techno-Musik dringt gedämpft durch. Vermutlich hat sie geduscht oder die Waschmaschine läuft. Also wieder nach vorn zur Hallentür. Zurück ist es genauso mühsam. Am Eingang angekommen, schüttle ich mir Laub und alte Spinnweben ab. Ich klopfe, die Hallentore machen ziemlich Radau. Nichts passiert. Wie ein Tiger im Käfig laufe Ich immer wieder von der Halle weg zur Straße und wieder zurück. Dann höre ich etwas. Das Licht startender Neonröhren flackert durch die Ritzen. Auf meiner Uhr ist es elf Minuten nach. Metallisches Kratzen, die Tür rumpelt. Silke bewegt wahrscheinlich das große Vorhängeschloss durch die Bohrungen der verrosteten Bleche. Die Tür bleibt zu. Ich klopfe wieder. Die Schritte, die sich kurz entfernten, kommen zurück. Harte Sohlen knirschen auf dem Boden heran. Erst beim zweiten Versuch und mit mehr Schwung öffnet sich die Tür. Silke trägt ein Handtuch um den Kopf, schaut etwas verdutzt.

"Du bist ja schon da!"

"Und zwar mit Wein, Holz und Briketts."

Sie lacht los, als sie das Fahrrad entdeckt und herauskommt. Freundschaftlich schlägt ihre Hand auf meiner Schulter ein.

"Das ist ja ein Ding. Auf dich ist Verlass."

"Immerhin", antworte ich.

Silke schiebt das Rad in einem Bogen zur Tür und schmunzelt immer noch. Die eher kleine Tür ist im Verhältnis zu den Hallentoren schmal und das Netz mit Holzscheiten passt nur mit etwas Gerangel durch. Die Tore rumoren einige Sekunden, es hallt nach, dann schließe ich die kleine Tür und es scheppert erneut.

"Mach das Schloss rein, sonst bekommen wir nachher Besuch."

Das Bügelschloss baumelt an dem abgewinkelten Teil einer massiven Schiene, die schließlich das Ganze verriegelt.

"Richtig abschließen?"

"Nö, mach den Riegel runter und häng das Schloss ein, das reicht."

Silke schiebt mein Rad und ich trotte hinterher. Fast erschrocken realisiere ich, wie geschmeidig und elegant sie sich bewegt. Sie trägt eine Jeans, rote, hohe Schuhe und einen Pullover. Schwarz. Konturen scheinen durch bei bestimmten Bewegungen.

Oh Gott! Denke ich, die hat ja eine Hammer-Figur!

Bei der Vernissage trug sie eher unauffällige, legere Kleidung. Aus Flachs, glaube ich. Dementsprechend kam auch niemand auf die

Idee, dass sie zu den ausstellenden Künstlern gehörte. Als würde ich heimlich einem Model auf dem Laufsteg hinterherschleichen, bekomme ich ein schlechtes Gewissen. Ich beobachte sie. Genieße ihren Gang, wie sie wirklich sexy ihre roten Schuhe auf den schmuddeligen Beton aufsetzt. Ihre Arbeiten stehen im Weg. Bei dem Bogen, den sie machen muss, schaut sie zurück. In Nanosekunden beherrsche ich meine Gesichtszüge. Sie grinst und ich fühle mich ertappt.

"Na, Frank, möchtest du weiterschieben?"

"Ich schieb' nachher wieder raus."

Ich weiß nicht, wie mir das so schnell eingefallen ist. Der Rucksack stört. Um ein Haar hätte ich ihn unsanft auf den Boden rutschen lassen.

"Ist da der Wein drin? Schön vorsichtig, Frank."

"Genau, der gute Reserva."

"Hilf mir mal bei dem Seiltrick hier."

"Da muss so eine Schnalle mit Bremse sein."

Die hatte sie natürlich schon gefunden und das Netz mit Holz und dann die Briketts gleiten zu Boden.

"Bekommst du die Kohlen noch mit, ich nehme den Wald."

"Wird schon", erwidere ich locker. Ich werde mich gleich als völlig untauglicher Trottel outen. Ihre Wohnung ist nur über eine Leiter erreichbar. Silke geht vor, ist trotz des riesigen Netzes mit Holz flink wie ein Wiesel und die Leiter schwingt unter ihren Schritten.

"Ist etwas wacklig, aber die ganze Geschichte hier ist ohnehin ein wenig illegal. Fliegende Bauten, sozusagen."

Den Rucksack hatte ich wieder leger über die rechte Schulter geschwungen. Links schneidet mir das stramm gespannte Kunststoffband von dem Brikettstapel die Finger ein. Ich fühle mich so geschickt wie ein Neandertaler in der Ballettstunde. Sie wartet auf mich, nimmt mir die Kohlen ab. Mit Beruhigung sehe ich, dass die Leiter auf beiden Seiten mit ordentlichen Seemannsknoten fest vertäut ist.

"Das Geländer hier oben ist sogar richtig fest verschraubt, halt dich ruhig fest."

Stimmt, das Geländer fühlt sich vertrauenswürdig an. Ich wage einen Blick zurück und überlege, wie ich hier mit einer Flasche Wein im Kopf wieder herunterkommen soll. Silke ist unglaublich gut gelaunt. Ihr Blick ist voller Übermut. Und ich spüre so etwas wie Gefahr. Ab jetzt wird es unberechenbar.

"Was macht die Pizza?"

Der Widerhall meiner Worte klingt gelassen und echt. Ich bin sehr erleichtert.

"Geduld, mein Freund, der Abend ist noch lang!"

Mir schießen plötzlich ungewollte Schwangerschaften, jahrelanges Siechtum und ewige Verdammnis in einer ergrauten Ehe in Form von Bildern und Ahnungen durch den Kopf.

"So'n paar Präser habe ich auch noch, falls ich Appetit auf dich bekomme."

Sie schaut mich an, als würde sie es ernst meinen.

"Gut, hast du auch einen Flaschenöffner?"

"Hahaa!" Ihre Stimme überschlägt sich. "Bist du echt so cool?"

Ohnmacht oder etwas ähnliches wie die Wirkung von Curare scheint auf mich zuzukommen. Meine Knie werden weich wie Pudding.

"Was meinst du?"

Ich mache ein paar Schritte, so wie man ein paar Schritte macht, wenn man zu schnell von einem Liegestuhl aufgesprungen ist und dann das Gefühl bekommt, das Gehirn sei liegengeblieben. Das Geländer begrenzt einen Raum, der wie das Heulager in einer Scheune aussieht. Der Boden ist allerdings alter, schmuddeliger Beton. Vor uns ein Holzverschlag mit Stahltür, die rostige Ecken hat.

Hustend, allerdings um ein paar tiefere Atemzüge zu machen, betrachte ich die Halle aus der Vogelperspektive. Gott sei Dank geht sie weiter und öffnet die Stahltür. Ich überlege, wann ich zuletzt mit einer Frau geschlafen habe. Ich werde als impotenter Volltrottel nach Hause schleichen und für den Rest meines Lebens diese Region meiden.

"Und das hast du alles selbst ausgebaut?"

Eigentlich will ich es im Moment gar nicht wissen, aber Kommunikation macht es leichter, die Geschehnisse zu steuern. Dummerweise bin ich von Natur aus eher introvertiert. Nur durch meinen alten Job wurde ich zum Zauberlehrling, um im großen IT-Business zu überleben.

"Ja, fast alles hier. Es sieht zwar wie eine alte Sauna aus, aber das ist nur zur Tarnung. Das hier war früher Materiallager. Legal ist nur der Durchlauferhitzer für die Dusche, aber die Dusche schon eigentlich nicht mehr."

"Ich werde nichts verraten."

"Stimmt ja, du könntest mich jetzt total in die Pfanne hauen!"

"Keine Angst."

Hinter der Tür befinden wir uns dann in einer Art Rohbau. Von einem Gang gehen nach links Zimmertüren ab, die in rohen Holzrahmen sitzen. Glaswolle und Bauschaum drängen durch Ritzen. Der erste Raum empfängt uns wie eine Oase mit Teppichboden und tapezierten Wänden. Es ist wärmer als in der Halle.

"Das ist die gute Stube. Komm rein. Hier wird auch geheizt."

Ich staune. Es ist schön. Rechts in der Ecke steht ein Ofen auf einem rund gemauerten Sockel. Silke hat mit einer Handbewegung, die ich kaum registrierte, ein Messer in der Hand und schneidet das Netz auf. Genauso schnell steckt es wieder in ihrer Hosentasche. Es ist nur ein Metallclip zu sehen, wie von einem Kugelschreiber. Sie füllt den Weidenkorb mit soliden Scheiten aus dem Baumarktnetz auf. Die Briketts stehen daneben.

"Ich bin bewaffnet", sagt sie mit tiefer Stimme und tippt auf den Clip. "Hat mir vor ein paar Jahren mein Bruder geschenkt. Ich hatte abends Ärger in der Stadt gehabt."

Sie zeigt mir kurz ein Taschenmesser mit einem Loch in der Klinge. Sehr merkwürdig, habe ich noch nie gesehen. Dann steckt es wieder in der Hose.

"Schau mal, das ist der Trick!" Diesmal zieht sie das Messer langsam, nur mit Daumen und Zeigefinger, an diesem Loch heraus und mit einem kleinen Schwung ist das Messer aufgeklappt und verriegelt.

"Ein Spyderco! Das haben sich Amis einfallen lassen."

"Wow, stark! Auf sowas muss man erst mal kommen."

"Danke für das schöne Holz! Das war ganz schön knapp. Hatte schon aus Containern alles Brennbare herausgesammelt. Weiter hinten sind eine Tischlerei und ein paar andere Firmen. Und einige der ganz alten, aussortierten Regale aus der Halle habe ich schon verfeuert."

Ich erinnere mich an mein Studentenleben. "Das ist der Vorteil bei Ikea-Möbeln, damit kann man im Winter heizen."

"Ich hoffe schwer, dass ich meine schönen, neuen Regale nicht verbrennen muss!"

An der Wand gegenüber dem Ofen steht ein Regalsystem in unterschiedlicher Höhe. Dunkel gebeizt oder geölt. Einfach, aber vor der hellen Wand sieht es edel aus. Auf dem hohen Regalteil liegt eine Neonlampe, fast unter der Decke. Von der hellen Wand und der Decke scheint indirektes Licht. Auf der anderen Seite fallen mir ein zwei- und ein dreisitziges Sofa auf. Das Holz ist seidig matt, genauso wie die Regale dunkelbraun. Es sind alte Chippendale-Sofas, überarbeitet und modern bezogen. Der Stoff hat ein feines Streifenmuster in Blau und Altrosa. Davor der Tisch. Beim zweiten Hinsehen entdecke ich, dass die Platte aus zwei rund gesägten Schalbrettern besteht, die von einem Stahlband umrandet sind. Das zentrale Tischbein sind zwei abgefahrene Rennreifen ohne Profil.

"Also, ich finde es schön bei mir. Alles etwas improvisiert, das hat aber wenig Geld gekostet. Vieles bekam ich auch geschenkt. Zeig mal, was du Schönes in deinem Rucksack hast."

Ich teste, wie stabil der Tisch ist. Die Platte wackelt kein bisschen. In der Mitte sind vier massive Schrauben, die allerdings mit der Oberfläche der Tischplatte sauber abschließen.

Und da ist er mal wieder, der gute Reserva. Drei Flaschen. Das sollte reichen. Käse und Gebäck lege ich dazu.

"Das eine ist mit Rosmarin, das andere mit nichts."

"Hihi, du hast drei Flaschen mit. So wie der aussieht, braucht man da auch keine Cola dazu."

"Nein, wirklich nicht. Hast du eine Schale oder so was für den Käse und den Knabberkram?"

"Da finden wir schon was. Komm mit, ich zeig' dir den Rest."

Meine Jacke verzierte bereits das kleinere Sofa. Aber da gehört sie wohl nicht hin.

"Die kannst du draußen aufhängen."

Wir stehen wieder im Rohbauteil. Die Garderobe ist ein dicker Holzbalken gegenüber der guten Stube, der Teil der Rahmenkonstruktion ist und in den eine Reihe riesiger Zimmermannsnägel eingeschlagen sind. Da hängen auch ihr Overall und eine Motorradjacke. An Krampen und kleineren Nägeln baumelt ein Rucksack und eine Norweger-Jacke sogar auf einem Bügel. Meine Jacke hänge ich dazu.

"So, ganz hinten ist die Küche. Von da geht es ins Bad und du pinkelst bitte im Sitzen. Jetzt kommt das Institut."

Sie macht Licht im Schlafzimmer. Wieder eine Konstruktion aus soliden gehobelten Balken. Ein Hochbett, wieder eine Leiter. Der Schlafteil ist rundherum mit bunten Tüchern bespannt, an der Vorderseite zusammengerafft. Ein Schlafsack und Wolldecken und viele Kissen sind zu sehen. Im unteren, offenen Teil sind eine Kommode, Umzugskartons und ein Berg mit so etwas wie Flohmarktartikeln. Es riecht nach Holz und Räucherstäbchen, sehr angenehm. Silke zieht eine der Schubladen direkt unter der Matratze heraus.

"Was ist das denn?" Ich wundere mich über den Inhalt. Es sind Kalksandsteine. Jeweils eines der Löcher ist mit Mörtel gefüllt, aus dem in einem Bogen ein Stück Baustahl herausragt.

"Anstatt Heizdecke! Der Ofen hat so ein Backfach für Bratäpfel und Pizza. Da wärme ich die Steine an und die kommen dann unter mein Bettchen. Clever, oder?"

"Donnerwetter, von dir kann ich etwas lernen." Ich staune nicht schlecht und sie lacht, sagt aber nichts weiter. Ich schaue mich um, da ist ansonsten nur ein großer, vergoldeter Bilderrahmen an der Wand, ungefähr DIN-A1-Format, und ein Schreibtisch. Auf der gerahmten Korkfläche sind Bilder angepinnt. Einzelne Personen auf Passfotos, viele Urlaubsbilder. Man sieht Campingplätze und noch mehr Strandpartys, würde ich so auf den ersten Blick sagen, und da ist ziemlich oft ein bunt bemalter VW-Bus zu sehen, der könnte aus den 70ern stammen. Daneben hängt schräg ein Holzschläger. Der sieht so ähnlich wie ein viel zu groß geratener Pfannenschieber aus.

"Wendest du damit die Pizza?"

Silke verharrt einen Moment, holt Luft wie vor einer großen Anstrengung.

"Der gehörte mal Jeff. Eine traurige Geschichte. Vielleicht erzähle ich sie dir später. Jeff war mein Erster. Das ging aber nur sehr kurz und er wurde später in Belfast erschossen."

Silke huscht zum Schreibtisch, sucht wohl ein anderes Thema.

"Da ist meine Computerecke und die Bilder dort in dem Rahmen, dokumentieren mein Leben und meine Kindheit in einer verkommenen Hippie-Familie. Wenn das mit der Technik mal funktionieren würde, könnte ich mich bei Kai ins Internet einwählen, der hat unten in seinem Büro einen Rechner stehen und so einen drahtlosen Internet-Verteilerkasten. Aber der Mist geht nicht. Hab 70

Euro bezahlt, ohne Monitor. Aber keiner konnte mir bis jetzt helfen und ich versteh' zu wenig davon."

Der Schreibtisch besteht aus Kalksandsteinstapeln mit zwei Schalbrettern obendrauf. Und der Rechner erinnert mich an meinen Lieblingsprofessor und sein Forschungsprojekt. Das Gehäuse ist genauso vergilbt.

"Ich schau' mir das bei Gelegenheit gerne mal an, aber dass das Ding da 70 Euro wert ist, bezweifele ich fast."

"Mehr Geld hatte nicht und darauf kann man immerhin schreiben und Fotos anschauen, aber das mit dem Internet geht nicht, habe schon so einen Funkstecker besorgt und, na ja, nichts eben. Ja, schau es dir bitte an! Muss auch nicht jetzt sein, aber nicht vergessen!"

Sie ist inzwischen wieder auf dem Flur. Der nächste Raum ist im ersten Teil nicht so tief wie die anderen, es liegt noch ein Raum dahinter. Das muss dann das Bad sein, an der rechten Wand ist ein Fenster, ähnlich alt wie die in der Halle. Ganz hinten, auf der Straße fahren Autos, ansonsten sieht man nur Bäume.

"Und hier ist ein bisschen Küche. Ist aber noch nicht gestrichen und ausgelegt. Na ja, Hartz-4-Rustikal nennt sich diese Stilrichtung. Und um die Ecke sind Bad und Klo."

"Reicht doch, oder?"

"Manchmal ist es mir peinlich, wie ich lebe. Dir gegenüber bin ich noch nicht sicher."

"Ich habe ein paar Jahre in WGs gelebt, während des Studiums. Mein lieber Mann, dagegen ist das hier eine Vier-Sterne-Unterkunft."

"Die längste Zeit habe ich mit meinen Eltern in WGs gewohnt. Das ist jetzt das erste Mal, dass ich alleine bin."

"Findest du das gut oder schlecht?"

"Weißt du, meine Eltern sind Chaoten. Es wundert mich gerade, dass ich nicht noch viel verrückter bin. Seit ich denken kann, war ich von Marihuana und Kiffermusik umgeben. Im Vergleich zu meinen Eltern bin ich echt spießig."

Silke ist ernst, das macht mich unbeholfen. Spießig, hallt in meinem Kopf nach und es erleichtert mich. "Du bist also froh, deine Ruhe zu haben."

"Ja, wirklich. So materiell ist es im Moment nicht so besonders, aber ich bin manchmal richtig glücklich, so ohne Grund. Es ist schwieriger, sich mal ein Stück Brot zu borgen, aber mir gefällt es, für mich selbst verantwortlich zu sein und eigenständig und ohne Netz und doppelten Boden."

Plötzlich empfinde ich Silke als sehr erwachsene, souveräne Frau. Sie schiebt mich aus der Küche raus, stoppt dann abrupt.

"Sag doch was, wir brauchen Geschirr!"

Die schiefe Tür eines Hängeschranks gibt mit einem kratzenden Geräusch den Blick auf ein großes Sortiment Keramik frei. Teller, Tassen, Schalen, alles in Dunkelblau, gelegentlich ist ein roter Fleck oder ein Streifen zu sehen. Silke reicht mir zwei Suppenteller. Das ist Handarbeit. Und es ist gut gemacht. Die Form der unterschiedlichen Stücke weicht nur minimal ab. Das bekommt man nicht so einfach hin. Alle Stücke tragen einen roten Zufallsschlenker, als hätte der Künstler versehentlich gekleckert. Wild, aber dezent und gekonnt.

"Sieht skandinavisch aus, wirklich schön."

"Echt? Das ist selbst gemacht."

"Von dir?"

Sie lacht mich an: "Vielleicht habe ich Kunst studiert?"

"Ja, natürlich! Aber das ist ja fast so präzise gearbeitet wie aus der Gussform."

"Das kenne ich natürlich auch, davon ist aber alles auf der Scheibe gedreht worden. Naja, bis auf die Böden. Da hatte ich schon eine kleine Form aus Gips verwendet, auf der dann die Tonklumpen gedreht wurden. Damit stehen die Teller anständig gerade auf dem Tisch."

"Stark, gefällt mir wirklich."

"Wahrscheinlich habe ich jeden Teller im Schnitt dreimal gedreht und wieder eingestampft."

Aus einer Schublade holt Silke ein Küchenmesser.

"Damit bekommen wir die Pizza klein. Messer und Gabel vielleicht noch?"

Sie kramt in einem großen Durcheinander, die Schublade hat keine Unterteilungen. Der Korkenzieher taucht auf.

"Das war's jetzt langsam."

Mit den Tellern und dem Besteck kommt sie auf mich zu, legt den Kopf etwas schief, schaut mich fragend an. Schnell setzte ich mich in Bewegung. Die Wohnzimmertür halte ich ihr dann auf, schließe sofort wieder, damit die kostbare Wärme nicht entweicht. Im Grunde weiß ich nicht so recht, was ich machen soll, und so bleibe ich einfach in Bewegung, schütte das Gebäck auf den tiefen Teller, packe den Käse aus, schneide Würfel und stelle die Weinflaschen zurecht.

"Hier ist der Öffner", sagt sie endlich. "Los jetzt, Zündung!"

Die Gläser aus dem Regal geraten klingend aneinander. Eins stellt sie mir hin, das andere behält sie in der Hand. Wieder mit diesem fragenden Blick. Ich bin unbeholfen, der Korken sitzt ziemlich fest und ich brauche lange, bis ich endlich einschenken kann.

"Tolle Farbe."

Sie hält das Glas gegen das Licht, schnuppert dran. Normalerweise sollte der Wein noch etwas lüften, aber diese Phase überspringen wir jetzt wohl.

"Prost!"

Als sich die Gläser berühren, entsteht ein tiefer Ton. Der bleibt wie bei einer Stimmgabel noch eine Weile stehen.

"Hey, na der schmeckt aber toll!"

Silke nimmt gleich noch einen Schluck, schlürft fachmännisch und genießt.

"Orr, da kommt so was wie Johannesbeere durch. Du hast dich angestrengt. Da schäme ich mich ja, mit meiner Discounter-Pizza aus dem Angebot. Obwohl, ich wollte dir ja demonstrieren, wie es sich so lebt, ist man erst mal an der unteren Kante der Gesellschaft angekommen. Setz dich, oder wenn du magst, such uns eine schöne Musik aus. Ich kümmere mich inzwischen um die Pizza."

Mit einem Rosmarin-Kräcker verschwindet sie, tippelt den Flur entlang.

Ja, was mache ich denn jetzt. Irritiert schaue ich mich um. Offensichtlich habe ich eine völlig falsche Vorstellung von Silke.

*Und ich bin die Bildhauerin*, sagte sie, als Rita uns bekannt machte. Ihren Händedruck werde nie vergessen. Der war so fest wie der eines Bergsteigers. Ansonsten wirkte sie damals, bei der Vernissage, eher wie eine Besucherin.

Die drei Holzkisten mit CDs bieten ein breites Spektrum. Sogar die Les Humphreys gibt es, alles von den Beatles, Iron Butterfly mit In A Gadda Da Vida und Norah Jones, Live in New Orleans, aus der jüngeren Vergangenheit. Im nächsten Kasten ist Flamenco und andere Gitarrenmusik untergebracht. Der nächste enthält handbeschriebene und bemalte Kopien. Das Dritte Ohr, lese ich und Mariä Kreisverkehr. Was ist denn das? Ich lege die Scheibe ein, warte ab. Silke kommt wieder. Inzwischen ohne das Handtuch um den Kopf. Auf einem Holzbrett hat sie zwei Pizzen, die noch von der Verpackungsfolie getrennt gehalten sind. Backpapier flattert herum. Aus den Lautsprechern quält sich undefinierbare Synthesizer-Musik.

"Los geht's!" Sie lacht, während sie den ersten weichen Pizzaboden auf das Papier jongliert und hinter der heißen Ofenklappe verschwinden lässt.

"Schau mal auf die Uhr. Ich denke, die brauchen so zehn Minuten, aber wir müssen nach sechs, sieben schon mal nachschauen. Oje, die CD? Das muss jetzt aber nicht sein?"

"Was soll denn Mariä Kreisverkehr bedeuten?"

"Das ist der heilige Kiffer-Feiertag. Mary-Go-Round, weißt schon, Joint kreisen lassen. Aber der ist nicht einmal im Jahr, sondern immer, wenn es gerade mal was zu rauchen gibt. Alles Vergangenheit. Kennst du Franz Ferdinand? Die sind etwas moderner drauf."

Silke sucht in der Kiste mit Kopien, tauscht die Scheiben aus. So etwas wie englischer Vorstadt-Rock ertönt. Man singt allerdings deutsch.

Ich habe es mir bereits auf dem kleinen Sofa gemütlich gemacht. Das größere schließt sich an und beide bilden einen harmonischen

Teilkreis um den Tisch herum. Silke setzt sich schräg zu mir gewandt auf das große.

"Zum Wohl, mein Guter. Auf einen netten Abend!"

"Vielen Dank für die Einladung! Ich fühle mich wohl hier, ist echt klasse! Und wir müssen über die Gewinne aus der Vernissage reden, finde ich. Und wenn du das heute nicht magst, dann einfach später."

Sie hält mir das leere Glas hin. "Mehr!", sagt sie. "Und da drüber reden wir noch. Vielleicht! Ich muss erst mal herausbekommen, wie ich dich finden soll. Im Moment bin ich nicht sicher. Ich nehme nur etwas von dir an, wenn du ein Freund bist."

"Also ein Friedenspfeifchen mit schwarzem Afghanen und eine Traumreise zum Mond?"

"Quatsch! Sei nicht so, das mag ich nicht. Ganz normal! Entweder wir haben uns was zu sagen oder nicht! Und wenn nicht, dann brauchen wir auch nicht über Geld zu reden."

"Sorry, ich bin doof", lenke ich ein. "Ich habe Probleme, dich einzusortieren, ganz ehrlich."

"Gut so! Und schau mal auf die Uhr, Pizza-Mann."

"Fünf Minuten schon", schätze ich mit zusammengekniffenen Augen.

"Ach, die Taschenlampe!" Silke setzt das Glas ab, geht zur Tür. "Wo habe ich die denn schon wieder."

Ich halte die Armbanduhr ins Licht, viel mehr Klarheit bringt das allerdings nicht. Silke kommt mit einem winzigen, schwarzen Etwas wieder. Ich bin geblendet, als sie mich kurz anleuchtet.

"Ein ganz scharfes Teil", strahlt sie mich dann an.

"Geburtstagsgeschenk. Na, was ist mit der Zeit?"

"Sechs Minuten haben wir jetzt bestimmt."

Ihre Taschenlampe ist winzig, aber wahnsinnig hell, ich staune. "Die Lampe musst du gleich mal zeigen."

"Ja klar, aber die Pizza ist unten schon gut, nur der Käse bräunt noch gar nicht. Mist, warte, da muss ich tricksen."

Schon ist sie wieder draußen, wirft die Tür nur zurück und kommt wenig später mit einem Drahtgeflecht zurück. Ich kneife die Augen zusammen, aber komischerweise leuchtet sie mich nicht an, sondern droht nur lachend. Mit der Lampe im Mund bugsiert sie das Backpapier mit der Pizza auf die Unterlage, schließt dann kopfschüttelnd die Klappe.

"Ist eben etwas komplizierter als mit einem richtigen Ofen."

"Was denkst du, zwei Minuten?", frage ich.

Silke hat an ihrem Glas genippt, nickt mir zu: "Ja genau. Und hier, Hightech!" Sie kramt die Lampe wieder aus der Hosentasche und gibt sie mir in die Hand. "Das ist eine Hammer-Taschenlampe. Mit nur so einer kleinen Normalbatterie."

Diese Lampe ist von Fenix. Die bauen Lichttechnik mit Leuchtdioden für jeden Geschmack. Respektvoll schraube ich die hintere Kappe ab und finde eine Mignon-Zelle. Da ist bestimmt ein Chip drin, der die Spannung erhöht, überlege ich.

"Donnerwetter, die gefällt mir. Wie lange hält so eine Batterie?"

"Ewig, ich weiß gar nicht. Ich habe die fast immer in der Tasche. Also drei, vier Monate ist diese Batterie locker schon drin."

Inzwischen schraube ich wieder zu. Das Gewinde ist gut gefettet. Hände und Lampe wische ich mit dem unteren Ende des Hosenbeins sauber. Silke hält schon die Hand auf. "Lass mich noch mal nachschauen", sagt sie im Aufstehen.

"Das sieht gut aus, komm bitte mit dem Teller her!"

Gerade als ich um den Tisch herum bin und einen Schritt auf sie zu mache, fliegt mir bereits die Pizza entgegen. Wie ein Frisbee, mit schwingenden Rändern. Heiße Tomatensoße auf meinem Daumen, ich schüttle den Fladen auf dem Teller zurecht. Gut gegangen! Dann sehe ich sie an, merke, dass es ein vorwurfsvoller Blick geworden ist, aber Silke sagt nur beiläufig. "Mann, das war heiß."

Und schon zieht sie am Tisch die zweite Pizza mit Spinat und Mozzarella auf das Backpapier und verfrachtet dann alles auf das Drahtgeflecht in diesen kleinen Backofen.

"Ja, schneid schon mal durch."

Sie sitzt bereits und es sieht so aus, als wolle sie sich jetzt bedienen lassen. Ich stecke noch in der Schockstarre und kühle meinen Daumen.

"Sofort, kleinen Moment."

Silke lehnt sich mit dem Weinglas in der Hand zurück und schlägt die Beine übereinander. Sie macht einen sehr zufriedenen Eindruck. Dagegen fühle ich mich wie bei einem Einstellungstest der besonderen Sorte. Die aus meiner Sicht gelungenere Hälfte schiebe ich auf ihren Teller und schneide jeweils weiter, bis jeder seine Achtelstücke hat. Dabei achte ich darauf, dass ich den schönen Teller nur ganz sanft mit dem Messer berühre.

"Riecht gut!", sage ich, weil sie irgendwie gar nichts mehr sagt und mich beobachtet. Wir stoßen an, ihr Glas ist im nächsten Moment wieder leer. Ich ziehe nach, verteile den Rest in die großen Gläser. Die Flasche hätten wir geschafft.

"Komm doch zu mir." Sie rückt etwas zur Seite, zeigt neben sich auf das Polster. Unsere Teller sind schon dicht beieinander, die Bedrohung durch ihre Aura ließ mich bis jetzt Abstand halten. Zwischen uns entstand eine alberne Sicherheitszone. Jetzt lächelt sie liebevoll, als wäre einfach alles in Ordnung.

"Musst du erst noch ein Programm schreiben oder kannst du auch so locker neben mir sitzen? So schrecklich bin ich nun auch wieder nicht."

Silke schaut mich einige Herzschläge lang an, steht dann auf und ohne den Blickkontakt aufzugeben, geht sie langsam vor mir vorbei.

"Die Küchenrolle vergessen. Bin gleich wieder bei dir, Frank."

Jeder Millimeter, den sie mir näher kommt, erhöht meinen Blutdruck. Unterdessen steht sie gegenüber am Tisch und knüllt die Verpackungsfolien der Pizzen zusammen. Bevor sie dann in den Flur geht, wirft sie mir den Blick der großen Schwester zu, so als sollte ich brav sitzen bleiben und keinen Mist machen. Schnell wechsle ich den Platz. Dann kann ich es kaum erwarten, dass sie wieder zurückkommt, und ich habe gleichzeitig Beklemmungen, was das wohl noch für ein Abend wird?

Nur wenige Sekunden bleiben mir, um dieser Frage nachzugehen. Ihr Gesichtsausdruck ist gelangweilt, als sie hereinkommt, dann gibt sie mir ein Stück von der Küchenrolle und setzt sich mit einem Pizza-Dreieck ungefähr in die Mitte des Sofas. Genau an meine Seite. Sie schreckt vor meiner Nähe nicht zurück.

"Oh, heiß! Pass mit dem Käse auf. Was kennst du denn so für Frauen? Hast du Kolleginnen? Brauchst du Messer und Gabel?"

"Tja." Ich nehme schnell einen kleinen Zipfel und bepuste das Stück Pizza. "Also, komische Frage, offen gestanden. Ach so, nee, Besteck brauche ich nicht."

"Na ja, gehst du ins Theater und schaust du dir die Nerzjäckchen an oder lungerst du in Kaffees rum, mit Sonnenbrille, oder mit welchen Menschen kommst du so zusammen? Dein soziales Umfeld, wie sieht es aus?"

"Das ist wie ein schöner Kleiderschrank, der leer ist. Ich lebe im Moment wie aus dem Rucksack. Es gibt kaum noch Strukturen. Die Arbeit bildet den einzigen festen Rahmen. Neuerdings ist jeder Tag anders und meistens bin ich alleine!"

"Hmm, alleine. Also ein paar wenige gute Freunde habe ich schon und mit der Zeit kommen einige so ins Feld und tauchen auch wieder ab. Die Sache mit der Halle war gut, die brachte viel Neues. Ich kann da noch monatelang was reparieren. Vielleicht sogar später bei den Booten mitarbeiten, falls das mal etwas wird. Und, wie ist die Angebots-Pizza?"

Langsam sind die Stücke nicht mehr ganz so heiß und ich esse mit Genuss.

"Das ist eine einwandfreie Pizza, ehrlich. Schmeckt gut."

Ich bin wirklich überrascht und überlege, wie teuer so ein Angebot sein könnte. Offensichtlich spürt Silke ganz genau, ob ich mit meinen Äußerungen zu 100 % bei mir bin oder auch nur minimal danebenliege. Denn jetzt hat sie keinerlei Zweifel in ihrem Blick. Im Gegenteil, sie schaut mich ganz sanft an, lächelt ein wenig und plötzlich fühle ich mich wahnsinnig wohl in ihrer Nähe.

"Es ist schön bei dir", sage ich verlegen. Ich kontrolliere mich nicht mehr, meine Stimme hört sich jämmerlich an. Das finde ich jedenfalls.

"Ich weiß auch nicht", fange ich neu an, weiß dann aber nicht wirklich weiter.

Alles, was ich mir so schön antrainiert hatte, um mit Menschen zurechtzukommen, ist mir in diesem Moment abhandengekommen. Das letzte, angeknabberte Stück Pizza lege ich auf den Teller zurück, im Glas ist ein guter Rest. Silkes Teller ist inzwischen leer. Die letzten Minuten vergingen wie abseits von unserer Realität. Ich mache Anstalten, die nächste Flasche zu öffnen, stehe dafür auf. Gerade habe ich die Schutzfolie entfernt, da stellt sich Silke zu mir und gibt mir den Öffner, der für mich eigentlich bequem zu erreichen gewesen wäre. Als ich die Hand ausstrecke, legt sie den Öffner hinein und hält dann meine Hand fest. Ihr Blick ist sanft, aber intensiv. Mir wird wieder flau.

"Ich mag dich, wenn du so bist. So ehrlich, ohne Schnörkel. Genauso stark oder so schwach wie du gerade in dem Moment bist. Du weißt, was ich meine!"

Eine ungewohnte Situation, ganz offen zu sein und ohne Sicherheitsmaßnahmen, aber ich werde hineingezogen in diesen überraschend intimen Moment.

"Ich fange an, mich in deiner Nähe wohlzufühlen, und trotzdem bin ich, weiß nicht, ängstlich, unbeholfen, unsicher. Sonst habe ich immer noch einen Trumpf im Ärmel oder eine geheime Waffe zur Sicherheit, aber damit akzeptierst du mich nicht, oder schlimmer noch, du würdest mich für alle Zeiten abstempeln oder so was."

Es fällt mir schwer, sie anzusehen. Ich probiere ihr mit meiner ganzen Unsicherheit in die Augen zu schauen und fühle mich verletzlich wie ein Insekt.

"Hab keine Angst." Sie legt einen Arm um meine Schulter, schmiegt sich an. Ihre Haare duften blumig. Was soll ich jetzt machen? Plötzlich bekomme ich einen schnellen Kuss, Silke löst sich ebenso überraschend wieder und steuert den Ofen an.

"Was denkst du? Die sollte jetzt gut sein, oder?"

"Keine Ahnung. Schau mal rein, ich bin gerade ganz woanders."

Schon wieder schaut sie mich frech an, schmunzelt, sie ist mir haushoch überlegen.

"Sei bei dir. Du bist der einzige Mensch, der in deinem Leben wichtig ist. Jetzt komm schon mit dem Teller her."

Die Flasche ist immer noch verkorkt, ich stelle sie wieder auf den Tisch zurück, lege den Öffner daneben und nehme ihren Teller. Und diesmal balanciert sie sehr vorsichtig die Pizza aus dem Ofen heraus und ist sehr bemüht, meine Finger zu verschonen.

Discounter-Pizza Nummer 3 ist wenige Momente später im Ofen und ich schneide die Nummer 2 klein.

Der Wein, ich agiere, als wäre ich gestört, aber das Öffnen von Weinflaschen dürfte inzwischen so automatisiert sein wie meine Atmung. Tatsächlich, es hat geklappt und ich schenke ein. Der steigende Alkoholspiegel macht sich langsam bemerkbar. Nun sitze ich wieder, bepuste ein Dreieck der Pizza. Ich fühle mich beobachtet, vermeide es aber, Silke anzuschauen.

"Was ist mit deinen Eltern? Wie waren die so mit dir?"

Ich habe gerade den Mund voll.

"Hmm, die gibt es leider nicht mehr. Aber ich empfand meine Kindheit und überhaupt mein Zuhause als wunderschön, also ja, vielleicht zu sehr normal."

"Oh, tut mir leid, dass deine Eltern nicht mehr da sind, entschuldige bitte."

Ein Schluck Rotwein rinnt über meine leicht verbrannte Zunge. "Ja, die fehlen mir schon, aber ist in Ordnung. Oft ist es noch so, dass ich meine Mutter gerne anrufen würde, um ihr irgendwas Wichtiges zu erzählen. Was ist mit deinen Eltern?"

Silke richtet sich auf und atmet tief.

"Ein wenig erzähle ich dir mal. Damit du vielleicht mehr mit mir anfangen kannst. Früher waren wir immer mit einem Bus unterwegs. Den hatte mein Vater gebraucht gekauft. Das Geilste war, dass wir Kinder beim Anmalen helfen durften. Und der Bus sah jedes Jahr anders aus. Vater hatte im Laufe des Winters alle möglichen Reparaturen gemacht. Beulen beseitigt, Rost entfernt, geschweißt, den Motor überholt, und dann kamen wir wieder und haben Girlanden neu gemalt und Sonnenblumen und so. Goldfische, Zebras oder nur bunte LSD-Ornamente, wie sie damals auf den Platten-Covern waren."

"Drüben auf den Fotos ist überall so ein bunter Bus zu sehen gewesen, das ist er doch?"

"Genau. Vom Nordkap bis nach Genua haben wir damit die ganze Welt erkundet. Eine tolle Zeit! Die ganze Welt ist natürlich größer, aber für uns Kinder war das schon gigantisch. Wir verbrachten auch viele Wochenenden in Dänemark, waren oft an der Westküste. Dort ist es herrlich, so wild und ursprünglich. Und natürlich waren wir immer da, wo gefeiert wurde. Jedes Festival haben wir mitgenommen. Als ich dann größer war, traf ich da auch den Jeff, meinen IRA-Terroristen. Aber vorher waren wir auch viel in Brokdorf und so."

"Im Bette zart, zu Bullen hart!"

Silke steht auf, geht zum Ofen. Auf unseren Tellern sind noch Stückchen der vorherigen Pizza.

"Mach mal einen Teller leer für die hier."

Sie leuchtet in das Fach hinein. Meine beiden Pizza-Ecken rutschen auf Silkes Teller, zwei liegen übereinander, was mich einen Augenblick lang ungewöhnlich fesselt. Schnell mache ich einen Schritt auf sie zu. Wortlos und vorsichtig schiebt sie den Fladen auf den Teller.

"Magst du überhaupt noch? Ich brauche erst mal eine Pause"

"Mal sehen, wir können uns ja Zeit lassen."

"Die kann man auch schnell wieder anwärmen", dabei steuert sie die Tür an. "Bin gleich wieder da."

Ich wundere mich über die Stimmungsschwankungen. Silke war jetzt vollkommen anders als noch vor einer halben Stunde. Ihre Stimme und auch die Körperspannung und ihre Mimik verändern sich so schnell, dass es mir Angst macht.

Als sie hereinkommt, trägt sie vier dieser Mauersteine mit dem Griff dran, schließt die Tür mit der Schulter. "So, jetzt werden noch die Matratzensteine aufgeheizt."

Die Idee mit den Steinen im Bettkasten finde ich nach wie vor sensationell. "Das ist wirklich stark, Respekt."

Sie legt zwei Steine ab und zwei in die Bratröhre, die Arbeitshandschuhe fallen auf den Holzstoß und sie grinst mich verschmitzt an.

"Not macht erfinderisch. Gib mir bitte noch einen Schluck."

Silke macht es sich mit dem Kissen im Arm gemütlich, sie sieht nachdenklich aus.

"Oh Mann. Das Leben ist verrückt. Wollte ich dir was erzählen?"

"Ihr wart wohl mit eurem bunten Bus auch bei Demos mit dabei."

"Ach ja. Wir demonstrierten! Allerdings, mein Vater ist'n Schisser. Wir sind immer sofort abgehauen, wenn es zur Sache ging. Und mein Bruder und ich waren die Entschuldigung. *Alter. Wir haben hier zwei Kinder.* Sagte Vater immer mit diesem komischen Tonfall. *Da kannst du nicht vom mitmischen.* Freunde von uns wurden verhaftet, hatten blaue Augen oder weiße Flecken im Gesicht, von diesem Ätzspray. Die konnten richtig was erzählen, bloß wir nicht."

Mir fallen die Fernsehbilder und Berichte in den Zeitungen aus der Zeit ein. "Sei froh, da hat es damals auch richtig gefährliche Situationen gegeben."

"Natürlich", sagt sie. "Du bist also auch so'n Schisser!"

"Gut", ich rutsche wieder in diese Verliererrolle. "Vermutlich bin ich ein Schisser. Aber manchmal ist es nicht schlecht, etwas nachzudenken, bevor man handelt."

"Damals wusste ich ohnehin gar nicht, worum es da wirklich ging. Das war einfach ein Abenteuer. Ich war die kleinste, mein Bruder 16, 17 Jahre. Allerdings konnten die mit den blauen Augen und deren Kinder ganz anders angeben als wir. Heute würde ich nicht mehr hinfahren. Weiß nicht, entweder bin ich jetzt erwachsener oder ich habe Depressionen. Keine Ahnung."

Silke wirkt nachdenklich, eine merkwürdige Pause entsteht. Sie streckt den Arm entlang der Sofa-Lehne aus, legt ihren Kopf darauf. Es fühlt sich für mich an, als wäre der Abend jetzt plötzlich zu Ende. Ich bin irritiert.

"Erzähl mal was von euren Reisen mit dem bunten Bus. Also bei mir war es in der Jugendzeit weit weniger turbulent. Ich glaube, es war langweilig. Erst als Student kam ich mit dem richtigen Leben in Kontakt."

Silke steht auf, geht zum Regal und stöbert bei den CDs herum.

"Magst du Santana?"

Mir fällt auf, dass Silkes Energie verschwunden ist oder sich irgendwas geändert hat im Vergleich zu vorher.

"Ja, den guten alten Carlos höre ich gerne und der macht auch bis heute starke Musik. Manchmal mit ganz jungen, unbekannten Leuten. – Ja, leg mal auf!" Silke hält mir nur kurz die Hülle entgegen. Abraxas ist es. Eine schöne alte Scheibe. Dann erklingt dieser typische Santana-Sound, mit dem ich auch als Nichthippie schöne Zeiten verbinde. Silke nimmt ein Schlückchen Wein und einen Käsewürfel. Ihr Gesicht ist eher ernst, es beunruhigt mich, wie sie gerade ist. Dann sieht sie mich lange an, trinkt noch einen Schluck.

"Ach weißt du, dieses Hippie-Leben ging mir später auf den Geist. In der Schule zum Beispiel fiel mir irgendwann mal auf, dass alle total andere Klamotten trugen als ich. Ich hatte immer selbst gestrickte Pullover an, bunte Westen mit Blümchen-Stickereien, meine Jeans waren mit Rüschen verziert, die T-Shirts waren immer mit Batik-Mustern gefärbt. Ich gehörte nie dazu! Die Härte war mal später, so ungefähr in der Brokdorf-Zeit. Meine Eltern wollten mich direkt von der Schule abholen, weil wir alle zusammen weiter nach Dänemark wollten. Da war's mir dermaßen peinlich, wie die anderen geschaut haben."

"So'n bunter Bus ist doch lustig, oder nicht?"

"Unser kleiner VW-Bus wäre ja noch gegangen. Die ganze Gang war unterwegs, drei Busse standen da mitten im Weg vor der Schule rum! Und die Leute hatten sich schon warm gemacht. Also mit Bier und Marihuana. Mein Bruder winkte aus dem Fenster und hatte in der anderen Hand einen Joint. Zappa sang aus unserem Kassettenrekorder, so laut er konnte. Die Beatles ein Stück weiter, aus einem riesigen alten Postbus. Meine Mutter sah aus wie Janis Joplin und trank Sekt. Und mein Vater wie immer völlig nüchtern, weil er nix verträgt und außerdem fahren musste. Dann sagt er in diesem schwulen Ökotonfall. *Hallo mein liebes Kind, schön, dich zu sehen!* Meine einzige Freundin stand natürlich dabei und mein Bruder fragte sie gleich, ob sie nicht mitkommen will, und fing an rumzubaggern. Ich dachte schon, die kennt mich dann auch nicht mehr, aber Petra war voll cool. Ihre Eltern waren so was von öko, dass sie genauso arm dran war wie ich. Wir haben uns später zusammen unsere Sachen umgestrickt, sind morgens wie die Blumen- und Ökokinder von zu Hause los und haben uns in den Toiletten zu Normalos verwandelt. Petra hatte die Tasche voller Sachen, die sie sich eher heimlich gekauft hatte. Meine Mutter wunderte sich immer, dass bei jeder Wäsche das aufgenähte Zeug abfiel. Mir war das fast klar, immerhin habe ich den Kram morgens abgeschnitten und nach der Schule wieder mit ein paar Stichen angeheftet. Das war schon irre."

"Ist schon komisch, finde ich gerade. Mir scheint, von Generation zu Generation kippt es immer von einem Gegensatz zum anderen. Meine Eltern waren Normalos, aber wirklich sehr normal und ich habe mich dann zu den Verrückteren hingezogen gefühlt."

"Ja, das kann sein, vielleicht hast du recht. Dann passen wir ja gut zusammen, was?"

"Also, ich mag dich. Das ist einfach so."

"Und du Schisser bist ein sehr netter Spießer!"

"Ich empfinde das jetzt mal als Kompliment."

"Darauf kannst du dir etwas einbilden, mein Lieber. Und Silke ist doof. So nennen mich meine Freunde nicht. Sag Marie zu mir, das ist mein Zweitname. Du bist jetzt also aufgenommen in den Kreis der Familie."

"Danke, das weiß ich zu schätzen! Aber sag mal, wie sind denn bloß deine Eltern auf Silke-Marie gekommen? Das klingt für mich etwas kompliziert."

"Ach, alle in der Zeit haben irgendwie eine Maria abbekommen. Mein Bruder heißt Klaus-Maria! Das musst du dir mal vorstellen. Diese Scheiß-Kiffer, wirklich! Die fanden das lustig oder hatten zu viele Rilke Gedichte gelesen."

"Und in der Schule warst du die Angepasste und zu Hause das Blumenkind?"

"Ja, so ungefähr. Ich war sogar ziemlich gut in der Schule. Durch diesen ewigen Spagat kam ich nur irgendwann nicht mehr klar und war dann verhaltensauffällig, wie das so schön heißt. Zum Glück war da noch Petra, die kam mit ihren Eltern auch nicht klar. Wir haben sogar mal probiert, zusammen mit unseren Eltern einen gemütlichen Abend zu organisieren. Das war vielleicht ein Reinfall! Petras Mutter Johanna hatte gekocht. Das schmeckte noch mehr nach Bio-Öko und linksdrehend als bei uns. Vollkornpampe ohne Salz, halb gares Gemüse, Joghurt, einfach der Hammer. Zuerst war noch die allgemeine Verklemmung unterwegs. Mit Santana und den Stones und vor allem mit Wein und Sekt wurden dann alle langsam locker. Zum Glück trinken die Alkohol, dachte ich noch. Aber dann wurde es noch skurriler. Mein Bruder schielte immer zu meiner Freundin Petra rüber und ihr Bruder zu meiner Mutter. Die sah, wie immer, ziemlich heiß aus. Ein buntes Tuch als Stirnband hielt ihre Wuschelhaare zusammen, 1000 Ketten um den Hals, Ringe, Bändchen und eine ziemlich durchsichtige Bluse. Nach so ungefähr einer guten Stunde, nachdem wir das Essen heruntergewürgt hatten, entfaltete der Alkohol seine Wirkung. Meine Mutter saß bei Johanna auf dem Schoß, mein Bruder hatte sich so viel Mut angetrunken, dass er gar nichts mehr peilte. Petras Bruder wuselte um die beiden Muttis rum und hatte einen Ständer. Aber kurz bevor alle nackt auf dem Flokati landeten, hatten unsere Väter sehr heftig auf dem Balkon diskutiert und völlig entsetzt machte Petras Vater dann die Musik aus. Mein Bruder kotzte auf dem Weg nach Hause den Bus voll, meine Mutter weinte. *Was hast du denn dagegen, wenn ich mal mit einer Frau schmuse?* Fragte sie während der Fahrt andauernd meinen Vater. Bis er dann weinte und sie anfing herumzuschreien. Echt super!"

"Donnerwetter, bei euch war was los."

"So was gefällt dir, was?"

"Das ist natürlich eine verrückte Geschichte, aber ich kann mir gut vorstellen, wenn man mittendrin ist, sieht es ganz anders aus."

"Jedenfalls bin ich irgendwann vom Gymnasium geflogen. Einem Lehrer hatte ich seinen eigenen Kugelschreiber in die Hand gerammt und als ich zusammen mit meinen Eltern beim Direktor antanzen musste, nannte ich die beiden 'verkifftes Hippie-Pack' und 'Versager'. Ich bin mittendrin aufgesprungen und ein paar Tage zu Petra abgehauen. Seitdem bin ich im richtigen Leben angekommen. – Scheiße!"

Ich bin mit der Situation überfordert, schau auf den Tisch, nippe am Glas. Ein Rosmarin-Kräcker hängt halb aus der Tüte, den nehme ich mir, knabbere langsam dran herum.

"Bist du gestresst, wenn es still ist? Also, ich meine, ist es schlimm für dich, wenn mal niemand brabbelt?"

Schon wieder fühle ich mich ertappt.

"Ja, weiß nich'. Ach, es ist einfach so, also, du bringst mich aus der Bahn."

"Schön! Aber sonst könntest du ja jetzt auch einfach nur irgendwo fernsehen?"

"Na ja, so geseh'n."

Irgendwie wird die Situation immer merkwürdiger, aber ich probiere, locker zu bleiben.

"Also, schweigen ist eigentlich schön. Ich finde, dass man sich auch austauscht, ohne etwas zu sagen. Kommt immer drauf an, mit wem."

Ich beschließe einfach mal, ehrlich zu sein.

"Also mit dir hier sitzen ist etwas Besonderes, hätte ich nicht stellenweise das Gefühl, dass ich dich überhaupt nicht einschätzen kann und du mir irgendwo absolut überlegen bist. Weiß nicht, ist komisch. Aber deswegen in oberflächliches Geplapper zu verfallen, aus Verlegenheit, wäre wohl ziemlich bescheuert."

"Ja, wäre ziemlich bescheuert. Und ja, ich bin etwas sprunghaft und vielleicht manchmal etwas irre. Und ja, sicher gibt es Bereiche, wo ich die Löwin bin und du der Hase."

Sie gestikuliert, als würde sie gerade einen Vortrag halten und macht ein entsprechend ernstes Gesicht dazu. Vielleicht meine Chance, mit Selbstbewusstsein den kritischen Zuhörer zu geben.

"Ich glaube, ich habe es lieber gleichberechtigt. Hase unter Hasen und Löwe unter Löwen."

"Tja, netter Ansatz, mein Freund, aber das entspricht nicht der Realität. Du kannst programmieren und ich kann töpfern, dazwischen liegen Welten! Außerdem bin ich eine Frau. Und egal ob ich im totalen Extremfall deine Sklavin bin oder du mein Sklave, genau dieser Unterschied ist doch das Salz an der Suppe oder sorgt im negativen Sinne für Katastrophen. Manchmal ist es eben auch die Zündschnur an der Bombe. Ach, weißt du was?"

Und schon ist der Vortrag vorbei, sie sieht mir unmissverständlich in die Augen.

"Mir scheint, ich bin immer noch eingeschnappt wegen dieser Bilder-Arie und dass du schon einen richtig tollen Job hattest und den aufgeben konntest, und ich hatte bis jetzt nur die Gelegenheit, ein paar Holzschilder zu schnitzen und alte Fenster zu reparieren. Aber ich denke, wenn schon, dann bin ich eine Löwin, die Hasen mag."

Mit einem neuen Blätterteig-Cracker lehnt sie sich zurück, dabei fällt mir wieder die rasierte Seite an ihrem Kopf auf.

"Das beruhigt mich. Und auch wenn ich wieder als Langweiler erscheine, bin ich für einen toleranten Umgang miteinander. Aufrichtigkeit und auch gelegentlich mit sich selber und mit den anderen etwas großzügiger umgehen. Das ist es vielleicht, auf Dauer gesehen. Ach, und das mit den Bildern, das ist überhaupt so ein Ding. Ich weiß gar nicht, wie das gekommen ist, die Bilder stellen ja nichts dar, also das ist ja nur hingekleckerte Farbe und dann etwas verspachtelt. Also für mich kommt da irgendetwas von mir zum Ausdruck, aber das ist mehr ein Gefühl. Mal bedrückend, mal fröhlich oder wie ein netter Zufall. Ich kann überhaupt nicht viel dazu sagen. Ich war eher überzeugt, dass die Bilder so was wie Dekoration sind, statt Tapete oder so. Dass damit auch andere Leute was anfangen können, hätte ich niemals gedacht."

"Ehrlich gesagt gefallen mir einige deiner Bilder sehr gut. Aber es sind welche dabei, da weiß ich nicht. Genauer gesagt, sind es zwei, da sehe ich in meine eigenen Abgründe. Ich brauche nur dran zu denken, dann schüttelt's mich."

"Ich weiß, welche du meinst, die hatte ich schon in den Keller gestellt, die konnte ich nicht mehr in der Wohnung haben. Da ging es mir nicht so besonders, als ich die gemalt habe. Aber alle, die dir gefallen, gehören dir! Echt jetzt! Kannst alle haben."

"Mal sehen, ob bei den Resten noch was dabei ist. Eins nehme ich gerne. Das hängt da zum Glück noch."

"Sonst mal ich dir ein richtig schönes. Was hältst du davon?"

"Hihi, das würdest du machen? Vielleicht muss ich dich dafür in die richtige Stimmung bringen, damit es nicht so düster wird?"

"Vielleicht?"

Und jetzt frage ich sie nach ihrer Haarkunst. "Sorry, ich muss dich nach deiner Frisur fragen, oder besser gesagt, nach der frisurfreien Stelle. Bist du da beim Rasieren abgerutscht?"

"Haa! Nee, das wäre dann auch ganz woanders! Aber Absicht war es nicht. Ich hatte mit dem Brenner Eisenstäbe heiß gemacht, wollte die eigentlich verdrehen, aber das klappte ohnehin nicht. Das muss man eigentlich in der Schmiede machen, so improvisiert geht es fast nicht. Als ich an so einem Eisen rumwürgte, ist der Brenner aus dem Schraubstock gerutscht und mir da an der Seite vorbeigezischt. Habe dann erst mal eine Wasserflasche über den Kopf geschüttet und alles abgedreht, aber da waren einige Haare schon weggebrannt. Borr, das hat gerochen, total fies."

"Autsch, Mist! Hast du dich sonst noch verbrannt, wie heiß wird die Flamme eigentlich?"

"Hatte schon Glück! Die Flamme war runtergedreht, bei Vollgas kommt man auf über 3000 Grad. Na ja, so lernt man! Ach, ich war sauer, weil das nicht so funktionierte, wie ich mir das gedacht hatte, und da wurde ich wohl unachtsam. Habe dann zur Strafe den Rest des Tages meinen Kopf gekühlt. Anschließend Brandsalbe drauf, nach einer Woche ging der Schorf langsam ab. Das sah natürlich etwas bescheuert aus. Hab dann einfach einen eleganten Bogen rasiert, als alles wieder heil war. Anschließend fand ich es cool. Eine witzige Verzierung."

"Meine Güte, du machst gefährlich Sachen, meine Liebe!"

"Sonst bin ich sehr vorsichtig. Das war auch das erste Mal, dass mir was aus dem Ruder gelaufen ist. Ist schon gefährlich, das Zeug. Autogenschweißen mache ich auch nur ungern alleine."

Auf jeden Fall ist Marie praktisch veranlagt, wobei ich gerne ihre sanfte Seite näher kennenlernen würde.

"Und warst du noch mal mit deinen Eltern unterwegs gewesen? Oder gibt es den Bus überhaupt noch?"

Mehr zu mir gewandt rutscht sie an der Lehne entlang und stoppt aber, kurz bevor wir uns berühren würden.

"Inzwischen ist es ein nicht ganz so alter, dunkelgrüner Bus ohne Blumen. Den bunten Bus hatte ein junger Lehrerkollege meines Vaters gekauft und war damit nach Afrika gefahren. Der kam dann ohne Bus, aber mit einer schlecht versorgten Schussverletzung wieder zurück. In Algerien war der in eine Schießerei geraten. War wohl ziemlich übel. Zum Glück kamen alle wieder zurück, aber der Bus war ausgebrannt da unten geblieben."

"Verdammt, das ist ja heftig! Bis Genua reicht völlig, würde ich sagen."

"Das stimmt allerdings! Manchmal ist es gut, sich an die Angsthasen zu halten. Ach Mist, mir fällt jetzt der Jeff immer wieder ein. Bei einer der letzten Reisen mit meinen Eltern ging es natürlich zu einem Festival in Dänemark. Da hatte ich den gesehen. Wir waren eine Woche zusammen, dann war das Festival vorbei und Jeff ist wieder zurück nach Belfast. Dass er ein Widerstandskämpfer war, bekam ich erst mit, als er Briefe aus dem Gefängnis schrieb. Zuerst hat er mir gebeichtet, dass er verlobt ist, dann dass er bei Sinn Féin organisiert ist und wohl an irgendwas gegen die englische Armee beteiligt war. Nach einem halben Jahr war er wieder frei, schrieb mir aber nicht mehr. Nur eine Postkarte bekam ich noch. Viele Monate später kam ein Paket aus Nordirland. Das war von seiner Frau. Sie schrieb, man hätte ihn bei einer Polizeiaktion erschossen. Und sie wollte mir seinen Hurley-Schläger und meine Briefe aus seiner Zeit im Gefängnis geben. Die hatte er gut versteckt aufbewahrt. Als letzten Satz schrieb sie: *Verliebe dich niemals in einen Freiheitskämpfer!* – Ja, das war die Episode. Dann hatte ich später doch noch einen ordentlichen Schulabschluss hinbekommen, bin zur Fachhochschule für Gestaltung gegangen. Immerhin kenne ich jetzt schon mal einen Menschen, der so richtig Karriere gemacht hat."

"Oh Mann, was für eine Geschichte. Ich erinnere mich noch gut an die täglichen Nachrichten aus Nordirland. Tut mir so leid! Wirklich traurig."

Marie such nach einem Taschentuch, nimmt ihr Glas und betupft ihre Augen.

"Das Verrückte war, dass ich den gesehen habe und in dem Moment zwei Dinge haargenau wusste: Nämlich, dass er es für mich ist und dass es wie ein kurzer Traum wird. Ich war verliebt und im gleichen Moment schon in Trauer. – Mit uns beiden ist das anders, aber ich habe keine Ahnung wie es mit uns weiter geht oder überhaupt. Ich finde gut, dass du gerade da bist, mehr weiß ich nicht. Außerdem bist du ja auch bald wieder weg, du Karrieretyp."

"Ich weiß nicht, was ich sagen soll. Am besten wohl gar nichts. Aber das mit dem Karrieretypen ist vorbei, das weiß ich jedenfalls haargenau."

"Sag mal bitte, dass ich jetzt Marie für dich bin."

Sie strahlt mich mit glasigen Augen an, trinkt Wein. Wir haben gerade eine Abfahrt auf ein neues, unbekanntes Gleis genommen.

"Hallo Marie! – Marie ist wunderschön."

"Siehste! Und wenn du was zum Schweißen oder zu töpfern hast, sag Bescheid."

"So machen wir's!"

Carlos Santana fängt gerade wieder von vorne an, da rafft sich Marie auf, bewegt sich zur Musikanlage und der CD-Sammlung. Mit erhoben Armen dreht sie einige Pirouetten, bewegt sich langsam, wie eine Tempeltänzerin.

"Ich brauche es jetzt romantischer. Magst du Sally Oldfield? Kennst du die hier?"

Zielsicher hatte sie eine CD herausgesucht. Eine bunte, japanische Szene mit einem Feuer speienden Drachen ist auf dem Cover. Marie nimmt ihre Haare zur Seite und präsentiert die kurz geschorene Stelle.

"Playing in the Flame! Genau mein Ding."

Schöne Folklore-Musik und die helle Stimme von Sally Oldfield hüllt uns ein. Und sagte sie wirklich, mit uns beiden ist das anders? Was bedeutet das? Hat sie eine Vision über uns? Plötzlich ist mir, als würde ich in eine rituelle Zeremonie eintauchen. Die Atmosphäre wird dichter. Marie ist wieder die Zauberin, schaut mich mit großen Kinderaugen an.

"Und wann fährst du wieder nach Hause?"

"Warte mal, ja in so 10 Tagen. Dann ist am folgenden Montag wieder der Ernst des Lebens dran. Als Hausmeister."

Marie wuselt in ihren Haaren, setzt sich wieder und greift gleich nach dem Glas.

"Aber du kommst doch von hier oben. Findest du es hier nicht schöner?"

"Ich war gerade froh, dass wieder Ruhe eingekehrt war. Der alte Job hatte mich fast umgebracht und ich bin wirklich heilfroh, dass ich da unten den Hausmeister geben kann. Vor allem sind die Leute klasse. Handfeste und klare Typen. Wir sind wirklich ein Team. Hier oben ist es nicht so einfach mit Jobs. Hab schon dauernd in der Zeitung gestöbert."

Mir fällt auf, dass Marie nach kurzer Zeit das Gähnen unterdrückt, wenn ich erzähle. Es fühlt sich an, als würde ich ihr magisches Kraftfeld schwächen.

"Hast du schon mal dran gedacht Töpferkurse anzubieten, vielleicht hier der Halle. Na gut, wenn es etwas wärmer geworden ist."

"Habe ich sogar schon gemacht, an der Volkshochschule. Komischerweise gibt es mehr Töpferinnen als ich dachte. Oder ich war denen zu progressiv, keine Ahnung. Nach einem Durchgang wurde ich nicht mehr gefragt."

Jetzt gähnt Marie sogar, nachdem sie erzählt hat. Die Spannung zwischen uns ist verflogen. Oder hat sie festgestellt, dass ich wirklich nichts für sie bin.

Mit erhobenem Zeigefinger steht sie auf und zeigt auf den Ofen.

"Die Wärmflaschensteine!"

Also gut. Das Sandmännchen macht seine letzte Runde. Beschließen wir mal den Abend.

Mit den Arbeitshandschuhen tauscht Marie die Steine aus und bringt die aufgeheizten raus. Sally Oldfield säuselt mit zarter Stimme.

Wieder zurück in der guten Stube, wirft sie die Handschuhe auf den Holzhaufen, steckt die Hände in die Taschen.

"Frank, ich kann nicht mehr. Schön, dass du da warst. Das können wir auch öfter machen, findest du nicht? Auf jeden Fall bevor du wieder in der Unendlichkeit verschwindest."

"Ja unbedingt, wir machen wieder einen Pizzaabend. Ich bringe wieder Brennholz und Rotwein mit."

In unseren Gläsern ist ein Rest. Selbst die Flasche ist nicht ganz leer. Ja, das war dann wohl unser erster Pizzaabend. Ich trinke aus, rapple mich auf.

"Es ist schön bei dir. Und mit dem Rechner überlege ich mir was. Das muss man zum Laufen kriegen. Wahrscheinlich nur eine Kleinigkeit. Zur Not verlegen wir ein Kabel, das geht immer."

Mit dem Rucksack über der Schulter stehe ich ihr gegenüber. Würde sie so gerne in die Arme nehmen.

"Komm mal her", sagt sie. Ein paar Momente halten wir uns fest, schaukeln sanft hin und her. Dann folgt wieder der handwerkergemäße Schulterklopfer.

"Vielen Dank für die Gaben! Das Brennholz war eine Superidee. Magst du nicht was mitnehmen? Pizza, den Wein? Die Kräcker musst du mir leider schenken. Die mag ich zu sehr."

"Nein, lass mal, alles für dich! Und denk dran, Bilder sicherzustellen, die dir gefallen."

Endlich funkeln ihre Augen wieder. Sie öffnet die Tür. Die drei über die ganze Länge verteilten Glühbirnen verbreiten Werkstattatmosphäre. Sie nimmt mir den Rucksack ab, reicht mir die Jacke, so als wollte sie mich für den Schulweg fertig machen. Hinter der Stahltür zur Halle ist es noch mal erheblich kälter. Der Bewegungsmelder sorgt für ebenso kaltes Licht. Von hier oben sieht man erst richtig wie groß die Halle ist. Hier passen tatsächlich

Segelboote rein, allerdings ohne den Mast. Bin gespannt, wann Kai damit anfängt.

"Ich geh' mal vor", und schon huscht sie an mir vorbei.

Die Leiter steht ein gutes Stück über. Das mit dicken Bolzen verschraubte Geländer halte ich fest im Griff, bis ich mir sicher bin, wo ich hintrete. Aber so schlimm ist es dann gar nicht. Auch unten hat ein Bewegungsmelder für Licht gesorgt. Marie lächelt und schiebt mein Fahrrad an ihren Kunstwerken vorbei. Ihre Schuhe knirschen auf dem Beton, das Rad klickert im Takt dazu. An einer Stellwand stoppt sie und zeigt auf einen Keilrahmen 50 × 70, den ich wohl bemalt hatte, als es mir schon wieder besser ging. Diese sandige Paste bildet erhabene Gitterstrukturen. Darüber und in den entstandenen Feldern, die sich ergeben, sind gespachtelte Acrylfarben in weiten Bögen. Keine Ahnung, was das bedeuten könnte, aber für mich drückt es etwas von mir aus. Die Farben sind angenehm.

"Das da!" Marie zeigt voller Freude auf das Bild.

"Stimmt, da war ich gerade aus meinem Lebensschlamassel raus und wieder in Sicherheit. Nimm es gleich mit nach oben. Freut mich, dass du es gut findest."

"Und du willst es wirklich nicht behalten?"

"Tut mir gut, wenn ich weiß, dass es bei dir ist. Wirklich, ein schöner Gedanke."

"Na gut, großer Meister. Das bekommt gleich einen besonderen Platz. Und melde dich. Vielleicht nicht erst am letzten Tag. In Ordnung?"

Wir schlendern nebeneinander her. Eine typische Situation von Abschiednehmen stellt sich ein. Dann haben wir die Hallentore erreicht und Marie dreht das alte Vorhängeschloss aus der eisernen Verriegelung, öffnet die kleine Tür.

"So, mein Freund, ab nach Hause." Dabei drückt sie kurz ihr Gesicht an meins, klopft mir wieder auf den Rücken und schiebt mich raus.

"Und nicht vergessen: Deine Marie will ins Internet."

"Vielen Dank und gute Nacht. Ich melde mich die nächsten Tage. Am Wochenende bin ich hier auch für Kaffee-Service eingeteilt. Da sehen wir uns."

Das Fahrrad hatte mir Marie schon vor die Nase gestellt. Wir mögen wohl beide keine feierlichen Verabschiedungen.

"Ich glaube Rita hat sogar Reklame gemacht. Ohja, das ist schön, dann sehen wir uns!"

Auf dem Platz vor der Halle drehe ich eine Ehrenrunde, winke und auf dem Weg zur Straße höre ich das große Hallentor rumoren.

## Nächster Tag

Nach einem Frühstück in Bernds Bude mit Jasmin-Tee und Müsli bin ich bei der Meditation eingeschlafen, obwohl mir ständig Situationen und Gesprächsfetzen von gestern Abend in den Sinn kamen. Aber anstatt mit japanischer Härte sitzen zu bleiben, streckte ich mich einfach auf dem Bett aus und schlief selig.

Unterdessen ist es 13.13 Uhr, sagt das Handy. Natürlich ist es völliger Blödsinn, aber immer wenn ich solche Ziffernkombinationen auf dem Handy oder auch sonst wo sehe, freue ich mich wie ein Kind und habe das Gefühl, es sei ein geheimer Code. Und je schöner der Code ist, desto besser bin ich gerade in Harmonie mit dem Universum. 13 Uhr 13 ist ein prima Code, finde ich. Leider habe ich irgendwie vollkommen den Faden verloren, zum Glück bin ich einigermaßen gut ausgeruht und fühle mich klasse, trotz des Rotweins gestern Abend. Und der Code stimmt! Andauernd muss ich an Marie denken. Hatte sie bei der Verabschiedung wirklich *Deine Marie* gesagt? Bei vielen Menschen erkenne ich rasch Ähnlichkeiten mit anderen. Vor einer Weile hatte ich schon mal eine Liste angefangen, mit ungefähr zwanzig Menschen-Hauptkategorien. Dort konnte ich fast alle Kollegen und Bekannte einsortieren. Als ich merkte, dass diese Idee überhaupt nicht neu ist, verlor ich die Lust und löschte alles wieder. Marie hätte da auch nirgends hineingepasst. Sie ist eine Sonderanfertigung der Evolution.

Die Wohnung ist dunkel und kalt. Der Winter malt Eisblumen an das Küchenfenster, selbst die dicken Socken reichen nicht mehr. Schnell ziehe ich mich fertig an und steige in die ausgekühlten Schuhe. Die Currywurst von Horst kommt mir in den Sinn. Das ist es! Zügig streife ich mir die Jacke über, Mütze, Handschuhe und raus. Wie in einem Anfall von blindem Aktionismus oder wie vor Wut stürme ich los.

Dabei ist mir einfach nur kalt. Die Kälte hat aber auch etwas Klares, Unmissverständliches. Schnellen Schrittes bewege ich mich auf eine heiße Currywurst zu. Nach einigen Minuten ist es zwar nicht wärmer, aber mein Körper kommt langsam auf Touren. Noch einmal um die Ecke, dann kommt die Bude in Sichtweite. Ein dänischer Lkw steht auf dem großen unbefestigten Parkplatz und ein Taxi neben anderen Autos. Langsam werden die Geräusche deutlicher, die Stimmung ist ausgelassen. Horst spricht auf Dänisch, vermutlich mit dem Lkw-Fahrer. Der hat ein blondes Püppchen im Arm, die, ja sagen wir mal, in Unterwäsche auf ihren Flipflops hin und her tänzelt und friert. Der Däne hat eine Statur, wie man sich einen Wikinger vorstellt. Dann ist da, ich vermute mal, der Taxifahrer, der dabei ist, ein halbes Hähnchen zu verputzen. Er schaut rüber zu dem Pärchen.

"Sollt ihr noch weit oder einfach nur nach Hause?"

Der Däne zieht an seiner Zigarette und antwortet rauchend:

"Vi kumm from Hannover und gleich geht das weiter no Aarhus. Jo, no Huus."

Der Akzent und dieses sprachliche Kauderwelsch sind herrlich! Hier bin ich zu Hause. Und der Däne ist vermutlich in der ganzen Welt zu Hause. Er imponiert mir gerade mächtig. Seine Freundin sagt etwas zu ihm, ich verstehe allerdings nichts. Der Däne zieht seine karierte Jacke aus und legt sie mit seinen riesigen Pranken vorsichtig um dieses zerbrechliche Wesen.

"Scall du have en lille Snaps? Denn geht das bestimmt gleich besser. Horst, hast du ein Jägermeister?"

Inzwischen sortiere ich mich etwas dichter an den Gabentisch heran. Es riecht gut. Horst taucht wieder auf, hält einen Flachmann in der Hand.

"Yes, einen for mein Honey hier! Sie is kalt."

Horst reicht ihm das Fläschchen.

"Och, come on, gib auch noch eins her."

Und Horst taucht wieder zu seinem Spirituosen-Schränkchen ab, während dieses Knackknackknack-Geräusch ertönt. Die zweite Flasche muss schneller gehen, ein kurzes Ratsch und die beiden stoßen an.

"Come on, drink it. In drei Stund mak ick dir ein Kind, Honey."

"Sicher ned!", sagt seine Begleiterin mit bayrischem Akzent, allerdings diesmal laut und deutlich.

"Fritten rot-weiß!", ruft Horst und reicht eine Pappschale raus.

"Und moin, Frank!" Er hat mich entdeckt.

"Jo genau, moin Horst!"

Der hat sich wirklich an meinen Namen erinnert? Ich bin verblüfft. Gut, Frank ist nicht so exotisch, aber immerhin. Mit Bernd war ich zuletzt vielleicht vor zwei Jahren hier gewesen.

"Mach mir doch bitte eine Currywurst mit Pommes, ich muss von innen heizen."

"I mog eini." Die blasse, junge Dame ist in der rot karierten Jacke völlig versunken, geht mit der dampfenden Schale zum Lkw. Der Däne zieht die Augenbrauen hoch, sagt aber nichts. Dann dreht er sich weg, schaut Horst an und schüttelt kurz den Kopf.

"Ab-gehau-en! Süße Maus, but some kind'a crazy. War in so ein Heim. Die muss da nachher hinrufen."

"Lass die mal 'n paar Wochen bei deiner Frau in der Küche von eurer Jugendherberge arbeiten."

Der Taxifahrer wischt sich schnell den Mund ab.

"Die muss erst mal eingenordet werden."

Unterdessen nimmt der Däne Horst einen Porzellanteller mit einer riesigen Bratwurst und einem Berg Pommes Frites ab und holt sich eine Ladung vom scharfen Senf aus dem Pumpbehälter. Der Tisch ist zwar hoch und stabil, aber erscheint vor diesem Hünen aus Dänemark wie ein filigranes Spielzeug.

"Ooooh, super."

Mampfend und mit schmalen Augen signalisiert er Horst mit dem Okay-Daumen, dass es gut schmeckt.

"Du bist den beste Schnellfress anywhere!"

Horst wendet eine kleinere helle Bratwurst, hoffentlich meine.

"Mange Tak, Fin!"

Horst schmunzelt, dann schaut er zu mir. "Kann's heute scharf sein? Ich hab da 'Hot Horst'-, 'Sledge Hammer'- und 'Red Knockout'-Soße anzubieten. Alles handgeschüttelt nach Omas Rezepten."

"Oh, Fangfrage. Ich wollte das gerne überleben."

"So schlimm ist es auch wieder nicht. Aber da können de jungen Lüüd, die hier nach der Schule vorbeikommen, mal so'n büschn den Macker machen. Weißt schon. Du bekommst mal von jedem ein Klecks in so'ne Pütscher-Pütz."

"Ja, her damit, das klingt gut." Da bin ich aber gespannt.

Das macht den Dänen hellhörig. "Oh Mensch, Horst, det er godt. Gib mir auch mal."

"Undskyld, Fin. Har du ikke prøvet det?"

"Nej!"

Horst bereitet zwei Schalen vor. Aus Ketchup-Flaschen mit handbeschriebenen Etiketten lässt er glucksend jeweils einen kleinen Klecks dort reinplatschen. Schon holt sich der Däne die erste Schale ab und steckt gleich eine Gabel Pommes rein. Er sagt nichts. Gut: Mund voll, aber er macht eine respektvolle Miene.

"Ich lass' da lieber die Finger davon."

Der Taxifahrer bringt gerade seinen Teller zum Tresen des Imbisswagens. "Mein alter Magen verkraftet das nicht."

Horst muss lachen, schwenkt dabei Pommes Frites in einer großen Stahlschale und würzt aus unterschiedlichen Dosen.

"Aber Nissen-Korn geht, oder?"

"Das is' doch ganz was anderes! So, Kinnings, ich muss los. Bis neulich."

"Tschüss Fred."

Horst nickt mir zu, stellt dabei einen Teller hin und dieses Extraschälchen für Feuerspucker. Ich schau ihn fragend an.

"Das rote Zeug." Mehr sagt er nicht.

"Uuha! Damn shit! Det er godt, nej, er det godt!"

Anscheinend hat der Däne gerade das rote Zeug probiert. Ich fange vorsichtig an, tunke zuerst in die normale Currysoße, die schön separat aufgefüllt ist. Es ist heiß und schmeckt.

"Na, Fin, alles klar?", fragt Horst und scheint sich dabei schon auf die Antwort zu freuen.

"Yeah, det er det. Dein Sledge Hammer is klasse, but dein Knock-out, puh, der mak Knock-out, Mensch!"

Inzwischen bepuste ich abwechselnd ein paar Pommes Frites und dann eine Wurstscheibe und tunke vorsichtig in den Sößchen herum. Komisch, Currysoße gibt es überall und diese anderen Probierklekse erinnern mich an asiatische Gewürze, aber dies ist anders als alles, was ich kenne. Horst macht sich offensichtlich wirklich die Mühe, nach eigenen Rezepten zu arbeiten.

"Ist doch gar nicht so schlimm, oder?"

Im Moment kann ich Horst nur zunicken.

"Nej, det er superklasse, Horst", sagt der Däne. "Brennt kurz like fire und denn, damn good! So, nu muss nach mein Engel kucken. Horst, how much?"

Die Buchhaltung dieser Imbissbude befindet sich in einer alten Zigarrenkiste. An der Seite sind zwei Flügelschrauben und oben läuft ein Papierstreifen. Jeder Kunde bekommt einen namentlichen Eintrag und eine Handbreit Platz für Bestellungen.

"Das waren bei dir Fritten rot-weiß für die Maus, ein Teenager-Traum mit Fritten und zwei Förstergehilfen. Das sind zusammen 2,50 und 5,30 und 4 für den Stoff, also 11 Euro 80 bitte."

"Jo." Der Däne holt eine Handvoll Geld aus der Hosentasche, legt Horst einen Schein und ein paar Münzen hin. "Das passt denn so, Horst. Ik kumm wedder längsseits, next Tour. Vi ses! Have de godt, tschüss."

Ich winke auch, bekomme ein gutes Gefühl dazuzugehören.

"Danke", sagt Horst. "Komm gut nach Hause und grüß schön."

Ganz mutig traue ich mich an das rote Zeug ran. Gut, es ist wenig und trotzdem scharf, aber man schmeckt auch etwas. Ich schaue dem Dänen hinterher und erwarte bei jedem Schritt ein Erdbeben. Was für ein Typ! Wenig später startet sein Truck. Die Zugmaschine ist ein Scania mit langer Schnauze und dem Geräusch nach auch sehr kräftig.

"Fin ist ein irrer Vogel!" Horst schaut grinsend zu mir rüber. "Kommt aus einer Fischerfamilie, dänische Westküste. Später fuhr er zur See, aber als das losging mit dieser ausgeflaggten Billigschipperei, da ist er dann ausgestiegen. Bernd kennt ihn auch von der Seefahrt."

Oha, das war jetzt etwas zu viel von dem roten Zeug, ich muss durchatmen. Und Horst schmunzelt nur.

"Ja, ein Riese ist das. Mit dem möchte ich keinen Krach haben. Mir scheint, ich brauche ein Bier, Horst."

Ich kann noch sprechen! Glück gehabt.

"Kalt oder eiskalt?", will Horst wissen. "Komm, das hier ist aus der Kiste, so halb warm, das brauchst du jetzt."

Eine schöne, angenehm kühle Flasche, Flensburger Bier. Mit dem berühmten Plöpp springt der Verschluss auf. Es brennt zwar wieder auf der Zunge, aber es tut trotzdem gut. Horst schaut mich wieder mal zufrieden an.

"Ja, das kann man wohl sagen. Ärger mit Fin ist ganz schlecht. Er ist gutmütig ohne Ende, aber wenn's ernst wird, muss man in Deckung gehen. Der hat Kraft wie ein Bär. Vor Jahren hatte ich mal Stress an der Küste gehabt. Vorher hatten wir uns zufällig bei Onkel Jule getroffen, Bier getrunken und geschnackt. Fin brauchte eine Auszeit von der Familie, hat ein paar Tage Flensburg unsicher gemacht. Dann sind wir getrennt weiter um die Häuser gezogen. Und ich weiß gar nicht mehr wie, aber plötzlich hatte ich Ärger wegen einer Frau. Die war gewerblich unterwegs, das hatte ich nur nicht geschnallt. Und zwei Zuhältertypen, die ich vom Sehen kannte, schubsten mich quer durch den Laden und wollten mich einstampfen. Jedenfalls tauchte Fin unerwartet wieder auf. Der hat mich da in letzter Sekunde rausgehauen. Und der hat diese Kleiderschränke von Zuhältern zusammengeknüllt wie Geschenkpapier. Alter Schwede!"

Ist schon komisch, denke ich so, die Geschichten in dieser Stadt ähneln sich. Um nicht wie ein Weichei dazustehen, verteile ich alle Soßenreste auf die letzten Stückchen. Jetzt ist mir wirklich warm!

"Ja, die Küste!"

Horst kommt ins Schwärmen und ich versuche, Erinnerungen zu finden. "Jetzt ist da nichts mehr los und früher war ich da nicht oft hingekommen. Das war immer so eine Sache, da braucht man schon gerne so einen Kumpel wie den Fin."

"Ja, das ist schade eigentlich. Und der gute Fin kommt seitdem bei jeder Tour hier vorbei, ist ein feiner Kerl. Wir hatten uns an dem Abend damals noch hier in den Imbisswagen gesetzt und kalte Würstchen gegessen und Limonade getrunken. Das ist schon Jahre her, meine Güte. Sag mal, willst du nicht vielleicht zufällig so eine gut gehende Imbissbude übernehmen, Frank? Ich mach' dir einen guten Preis und die Kundschaft ist garantiert. Ich zeig' dir auch, wie's geht."

Mit der letzten sauberen Serviette wische ich mir den Mund ab, stelle den Teller hin. Die Idee fängt sofort an, in meinem Kopf zu kreisen, im Nanosekundentakt rauschen Bilder und Visionen vorbei.

"Das wäre eine Hammeridee, also theoretisch mein ich. Aber das meinst du doch nicht ernst, oder?"

Horst lehnt sich am Kühlschrank an, schaut in die Ferne.

"Weißt du, ich mach' das jetzt mehr als 25 Jahre, glaube ich. Zuerst, so zeitweise, da war ich noch Student, gegen Schwarzgeld natürlich. Da habe ich gesehen, was sich machen lässt und was man verbessern kann. Jetzt habe ich genug davon, obwohl es jeden Tag wieder Spaß macht, an dem ich hier bin. Die meiste Zeit sind hier

Studenten, ich mach' normalerweise so ein, zwei Tage die Woche. Nur im Moment sind fast alle ausgeflogen oder haben andere Jobs. Jedenfalls habe ich immer gut in die Rente einbezahlt, sparsam gelebt, ein paarmal clever investiert. Jo, ich könnte aussteigen."

Der Impuls, jetzt sofort zusagen, schießt durch mein System, komischerweise habe ich überhaupt gar keine Bedenken.

"Scheiße, verdammt! Das ist eine heiße Idee! "

"Na also! Ich erzähl' mal etwas. Die Bude hier ist nur ein Teil. Mit den Jahren hat sich das einwandfrei entwickelt. Als Student habe ich noch für Metzger Petersen gearbeitet, das war natürlich auch ein anderer Wagen. Der hier ist inzwischen auch gut 10 Jahre alt. Jedenfalls ging Metzger Petersen pleite. Vorher hatte er sich noch mit allen dermaßen verkracht, dass es auch keine Übernahmeangebote gab. Die ganze Innung war sauer auf ihn. Der hatte ein paar Kollegen abgelinkt. Leute wurden abgeworben, einer musste eine Zeit lang schließen, weil Petersen ihn beim Amt angeschwärzt hatte. Der hatte damals schon mit Billigfleisch aus Dänemark etwas probiert. Das war damals aber nur neu und nicht illegal, was sich später herausstellte. Auf alle Fälle wurde alles, was er hatte, zwangsversteigert, genau als meine Frau ihren Studienrat in der Tasche hatte und meine Geschwister und ich den Hof der Eltern verkauft hatten. Muttern war gestorben, unser Vater schon lange vorher. Und ein Kumpel bei der Bank machte mich auf die Versteigerung aufmerksam und da habe ich 85 000 Mark blind geboten und die komplette Schlachterei bekommen, das Privathaus daneben und das Gelände rundherum. Petersen hat sich später erschossen. Seine Frau war abgehauen, die beiden Töchter hatten ihn schon lange nicht mal mehr mit dem Arsch angekuckt, weil er die polnische Putzfrau gevögelt hatte. Viel schlimmer konnte es für Petersen nicht kommen, eigentlich traurig. Jedenfalls hatten wir dann den ganzen Kram und meine Frau bekam in der Zeit günstiges Geld von der Bank und anfangs wollte sie so einen Walldorf-Kindergarten aufziehen und ein Jugendzentrum, so wirklich die soziale Nummer. Alles linksdrehend, grau und ohne Geschmack, du weißt, was ich meine. Aber dann war sie schwanger mit unserer Tochter, alles wurde irgendwie unwichtig. Wir haben dann das Haus renoviert, die Maschinen und Petersens alten Lkw verkloppt. Ich war dann zwar auch fertiger Lehrer, aber bekam nicht gleich eine Stelle und ich habe dann in Vollzeit Wurst verkauft. Die Maschinen und das ganze Schlachterei-Zeug war an Sönningsen & Co gegangen, die haben sich bis heute gehalten, sind unten am Industriehafen. Und der alte Sönningsen fand das wohl gut, dass wir aus dem Petersen-Imperium eine Frittenbude und so'n Freizeitpark machen wollten. Mit dem bin ich dann oft zusammengesessen und wir haben Wurstrezepte diskutiert, und der Junior macht jetzt noch alles, was ich hier verkaufe, nach diesen Rezepten. Deswegen gibt es nirgends Wurst, die so schmeckt wie meine hier. Geil, oder?"

"Das ist also der Trick! Ich verstehe."

"Ist natürlich beim Notar festgemacht. Wenn du Bock hast, kannst du einsteigen, wie du willst. Wir machen erst mal alles zusammen und dann kaufst du mir den Kram ab oder du machst einen auf Geschäftsführer oder was weiß ich. Da hängt aber noch so'n Semmel-Service mit dran. Die ehemalige Schlachterei ist umgebaut. Da treffen sich jeden Tag so 8 bis 10 Leute, belegen Brötchen und versorgen ein paar Schulen, laufen im Rathaus durch die Gänge, beliefern die Werft und so. Bei mir kaufen sie die Brötchen und Wurstwaren und Käse, einige besorgen sich noch Kuchen, Getränke. Keine Ahnung, Pariser für die Schüler, jedenfalls für mich völlig ohne Risiko. Was übrig bleibt, wird an die Hausmeister verkloppt, die die entsprechenden Automaten dafür haben, weißt schon: Cola, Snickers und kalte Belegte, die abends so schön labberig sind. Manches geht auch an so eine gemeinnützige Sammelstelle für Bedürftige. Da gibt's allerdings keine Kohle mehr. Ich würde sagen, du kaufst mir den Wagen für 20 Große ab, der hat TÜV und alle amtlichen Siegel und die Semmelstation mit dem Hof und den Schuppen pachtest du für kleines Geld. Wenn du willst, kannst du den Kram in ein paar Jahren auch kaufen. Sollte eigentlich genug abwerfen."

"Verdammte Hacke, du meist es ernst, oder?"

"Ja klar, ich mach' das nur noch so als Hobby. Suche schon dauernd nach Ideen, mich auszumischen. Weißt du, meine Frau verdient dick mit Französisch und Mathe am Gymnasium, wir haben noch zwei Wohnungen, die Görn machen ihr eigenes Ding, alles ist bezahlt. Wir leben auch nicht so auf breiter Socke. In schlapp sechs Jahren geht bei mir die normale Rente los. Meine Madame will jetzt auf halbe Stundenzahl gehen, da hätten wir dann ordentlich Zeit, was auszufressen."

"Meinst du, das wird laufen, ich meine, die Kohle sitzt nicht mehr so locker, alle müssen rechnen. Also, die 20 für den Wagen würde ich wohl zusammenbekommen, aber dann ist auch langsam Feierabend. Also, für den Fall, dass das nicht so floriert, kann ich unter die Brücke ziehen, dann ist es rum."

"Du hast recht, aber auf der anderen Seite, die Sache mit den Semmeln und gelegentlich mal bei einer Party was vorbeibringen, das bringt gute Kohle in die Kasse. Und da sind lauter nette Leute am Start, die machen schon Reklame, wenn sie da im Flur stehen. Das wird eher noch mehr und das Frühstück ist jedem wichtig und für Feierlichkeiten wird eher was locker gemacht. Ich denke, du brauchst nur weiterzumachen, irgendwie kucken, wie der Hase läuft, dann kannst du klasse davon leben. Hier gibt's auch viele Studenten, die kleine Jobs suchen. Ich würde einfach so viel wie möglich delegieren, vielleicht eine Schicht hier im Wagen selber machen und gut is'. Du überlegst dir das noch mal, kommst morgen längsseits auf ein paar Fritten oder so einen heißen Hund und dann schnacken wir weiter. Oder kommst mal zu mir abends, meine Frau kocht etwas Ordentliches, dann kannst du den Rest unter die Lupe nehmen. Ich finde einfach, du bist in Ordnung und das Ding würde laufen, garantiert!"

"Borr, Alter, ich bin platt. Darüber muss ich mit einer Flasche Wein erst mal nachdenken. Ich glaub', wir sehen uns morgen, und ich hab' vermutlich eine schlaflose Nacht! Lass mich erstmal bezahlen, Horst."

"Das geht heute aufs Haus, Frank. Gehört ja sowieso bald dir!"

**Sechs Monate später**


Kaum zu glauben, aber wahr. Ich bin Besitzer einer Pommesbude. Außerdem habe ich den Frühstücks-Service von Horst übernommen und gelegentlich organisiere ich mit meinen Angestellten so etwas wie Catering. Horst ist immer verfügbar, wenn ich ihn brauche. Er hat mir die Räume in der alten Schlachterei vermietet. Überhaupt war er bei allen Dingen, angefangen von den Kühltruhen bis zu dem VW-Caddy für die täglichen Transporte, sehr freundschaftlich mit seinen Preisen. Gut, andererseits ist alles, was ich mal gespart hatte oder die meisten Papiere von meinen Versuchen, mit den Großen an der Börse zu zocken, in dieses kleine Unternehmen geflossen. Falls das jetzt schiefgeht? Tja, was dann? Manchmal kommen Zweifel hoch, dann sehe ich mich als Sozialfall in einem Wohnheim sitzen. Bestenfalls! Aber andererseits ist das hier ein Supersystem. Die ersten Wochen war ich mit Horst bei allen möglichen Leuten, um Wurst nach Spezialrezept zu bestellen oder einfach anständig eins zu saufen. Kontakte sind eben das A und O bei jedem Business. Einige Studenten freuen sich über einen kleinen Nebenverdienst. Marie macht unterdessen die Buchhaltung und organisiert die meisten Abläufe. Sie wohnt immer noch in dem ausgebauten Materiallager in der Halle, hat sich nur ein paar Ikea-Möbel dazugekauft. Ich habe jetzt eine Zweizimmerwohnung, mit den ganzen Sachen von früher. Der Umzug war schon etwas anstrengend, aber es gab viele helfende Hände. Und es gab Abschiede. Obwohl mein Hausmeisterdasein nur ein paar wenige Monate gedauert hatte, waren unter den Kollegen richtige Freundschaften fürs Leben entstanden. Das letzte Frühstück, bei dem ich dann Würstchen und Bier und belegte Brötchen mitgebracht hatte, wurde zum Schluss richtig traurig. Klaus, der mir die Welt der Hausmeisterei gezeigt hatte, versprach, ab sofort seine Urlaube an der Küste zu verbringen und dabei genau zu prüfen, ob ich mit meiner Schnapsidee auch wirklich nicht baden ginge. Mit dem war ich in der kurzen Zeit so gut zurechtgekommen wie mit keinem Kollegen aus der IT-Branche über Jahre. Seitdem verschicke ich regelmäßig die neuesten Fotos per Mail und gebe sozusagen Berichte ab. Ingo leitet mir die Campus-Nachrichten weiter, damit ich immer über die aktuellen Forschungsprojekte informiert bin.

**Noch einige Monate später**

Es setzt langsam, aber sicher Routine ein, das ist wunderbar. Neuerdings schaue ich abends in Online-Mediatheken rein, genieße Rotwein zu einem Filmchen und schlafe selig ein. Na gut, in den letzten acht Wochen vielleicht fünfmal an den Wochenenden. Unter der Woche gibt es keinen Alkohol! Das ist Grundgesetz! Außer Horst und ich bestreiten Wurst-Rezept-Verhandlungen, aber inzwischen sind eigentlich alle Kontakte hergestellt und mit Bier und Rum besiegelt. Normalität bricht sich Bahn.

Ich denke oft an Marie, wenn ich nach einem langen Tag zu Hause sitze. Leider haben wir nur noch über das Geschäft miteinander zu tun. Das anfängliche Prickeln ist überlagert von Buchhaltung. Obwohl, wenn ich jetzt so an sie denke, würde ich am liebsten gleich anrufen. Verdammt, wie soll das etwas werden? Außerdem habe ich das Gefühl, dass sie es richtig klasse findet, bei der Arbeit so gut zurechtzukommen und mich aus dieser Position der Stärke heraus auf Abstand zu halten. Und verdammt, ich vergesse immer wieder, wie jung sie ist. Verdammt! Genau jetzt bin ich wieder sicher, dass sie mir den Kopf verdreht hat. Mehr als das! Und schon lange! Es fühlt sich an, als sei schon alles längst besiegelt mit uns und nur ich würde noch ängstlich auf der Bremse stehen. Wie lange denn noch?

Ich öffne heute eine Flasche Wein, immerhin ist Freitag, die Bestellungen für die kommende Woche sind gemacht, alle Leute sind eingeteilt, keiner krank. Der Chef macht es sich jetzt gemütlich!

In der kleinen Abstellkammer neben dem Bad steht der gute Reserva, neben Krempel, der irgendwie übrig blieb, zusammen mit Mineralwasserkästen. Rumpelkammer passt eigentlich besser. Die Weinflasche erwische ich noch, ohne Licht zu machen.

Knack macht es, die Flasche bleibt irgendwo hängen, rutscht mir aus der Hand und knallt auf den Boden. Jetzt aber doch Licht an! Ich sehe einen grünen Schimmer neben den Kartons, das ist eine Scherbe. Die Flasche ist aber ganz! Glück gehabt! Schnell fege ich das sichelförmige Glasstück und ein paar Krümel zusammen. Die abgesprungene Scherbe liegt jetzt auf der Schaufel. Und Staub. Ja, sauber machen wäre auch mal wieder eine gute Idee. Ich bestaune die demolierte Flasche, die sich an einem Karton verkantet hatte. Da ist maximal ein Millimeter Glas übriggeblieben. Das war knapp! Heute mache ich nichts mehr, so viel steht fest.

Die neuesten CDs sind noch eingepackt. Wenn ich neuerdings etwas Interessantes im Radio höre, suche ich bei nächster Gelegenheit gleich im Internet danach, und wenn sich eine Bestellung lohnt, drücke ich den Click&Buy-Button. Feiner Kram! Eine neue Scheibe von Norah Jones läuft an, ich mache es mir gemütlich mit Rotwein und ein paar Orangen-Schokoladenstäbchen aus dem Reformhaus. Schon wieder fällt mir Marie ein.

Zeit vergeht. Gleich 10 Uhr, die zweite Hälfte Rotwein spare ich mir auf für morgen. Die Musik ist wieder einmal zu Ende, ich gähne schon seit einer Stunde, genug für heute. Ohne nachzudenken, will ich die verkorkte Flasche wieder zurückstellen und schrecke aber zurück. Ein zweites Mal habe ich sicher nicht so viel Glück. Schmunzelnd über die selbst gestellte Falle bringe ich die Flasche in die Küche, das Weinglas landet im Geschirrspüler. Beim Zähneputzen kommt mir ein wirklich hinterhältiger Gedanke, den ich gleich wieder verwerfe. Nein, nein, so was macht man nicht, also wirklich! Im Bett angekommen greife ich nach dem Bücherstapel auf dem Schränkchen, aber schon das Gewicht des Buches schreckt mich ab, Licht aus, nichts mehr.

Von irgendwas bin ich jetzt wach geworden. Komisch geträumt. Ich drehe mich um, mache Licht, bin geblendet, 03.03 Uhr. Ich muss lachen, dieser Zahlen-Code schon wieder. Vielleicht doch mal zur Toilette gehen, dann schläft es sich ruhiger. Oje, auch noch zur Toilette. Ich schlurfe durch die Wohnung. Gut, die Blase ist schließlich wieder entspannt. Im Flur schaue ich zur offenen Tür meiner Gerümpel-Kammer und schon wieder schießt mir die Flaschenfalle durch den Kopf. Also nein, das kann man wirklich nicht bringen. Ich schüttle den Kopf, schlurfe weiter zum Bett. Im Dunkeln starre ich an die Decke. Bin plötzlich hellwach. In meinem Schädel denkt es ohne mein Zutun. Damit bekomme ich sie in eine Ausnahmesituation, dann müssen wir mit offenen Karten weiterzocken. Entweder, oder! Ach du meine Güte, egal was jemals passieren wird, das darf ich ihr niemals erzählen, so viel steht fest.

Das Handy klingelt, der Weckton ist es. Ich weiß einen Moment lang nicht, wo ich bin, welcher Tag.

Alles gut, Samstag ist heute, nichts los, nichts machen. Der Imbisswagen wird samstags von einer Künstlertruppe betrieben, die ihren Freunden die Bratwurst zu ihrem Einkaufspreis heiß macht. Daran habe ich dann allerdings schon meinen Teil verdient. Als ich mich mit der Zahnbürste im Spiegel sehe, fällt mir wieder die Falle ein.

Montagmorgens beginnt wieder der Ernst des Lebens. Mit frischen Brötchen im Gepäck schließe ich die alte Schlachterei auf. Es ist kühl, riecht ein wenig abgestanden, Neonröhren starten. Alles ist aufgeräumt und ordentlich. Ich freue mich. Der Raum mit den Kühlgeräten ist verschlossen, genauso wie die Kühlschränke und Gefriertruhen selbst. Die Leute, die den Imbisswagen betreiben, haben in einer großen Truhe die notwendigen Vorräte, die ebenfalls in verschiedenen Körben mit Vorhängeschlössern untergebracht sind. Jeder Mitarbeiter hat seine Ware da drin. Alles schön mit Namensschildern. Die meisten Schlösser sind allerdings nur eingehängt, weil man die sonst erst anwärmen muss, um an sein Material heranzukommen. Nicht ganz optimal. An der Wand ist eine Reihe mit Schreibtafeln. Darüber wird der Bedarf kommuniziert, Bestandsmengen und Kauf- bzw. das Verfallsdatum findet man dort und natürlich die entsprechenden Personendaten mit Telefonnummer, sowie auch die Mail-Adresse von denen, die hier ihr kleines Currywurst- und Semmelgeschäft betreiben. Von draußen dringt ein kurzes, scharrendes Geräusch herein. Marie ist das. Sie fährt meistens mit dem Rad und ist dabei immer zügig unterwegs. Sie kommt morgens über den Hof gefegt, rutscht dann mit einer Vollbremsung an die Mauer heran und steigt dabei gleichzeitig mit einem eleganten Satz ab. Seit zwei Wochen macht sie gelegentlich einen anderen zirkusreifen Trick. Diese neueste Variante ist leiser, da bremst sie mit dem Vorderrad so ab, dass sie das Hinterteil des Mountainbikes in der Luft um 90 Grad bis zur Wand dreht. Sie ist der Hammer. Ihr Schloss klappert an dem alten Eisenbügel, der da aus der Wand ragt. Keine Ahnung, wozu der irgendwann mal gut war.

"Moin, mein Chef, wie geht's denn so?"

"Hallo Buchhaltung. Na, alles im Pegel?"

"Bin glücklich. Und Rita und Kai waren gestern zu Besuch. Wir haben überlegt, wie man sonst noch die Halle nutzen könnte. Es wird wohl noch eine Weile dauern, bis da alles voller alter Jachten steht. Kai baut gerade überall in diesem Teil der Welt Küchen ein. In Maßanfertigung und mit Spezialschränken und so Sachen. Das brummt wohl relativ gut. Ja, ein Jazz-Club oder so was wäre klasse. Also irgendwas mit Musik auf jeden Fall."

"Klingt gut. Dann stellen wir am Wochenende den Imbisswagen dahin oder schnacken den beiden eine Ecke von der Halle ab und versorgen die Leute mit Futter."

"Ja klar, genau! Der Wagen wäre gut, da brauchen wir dann gar nicht durch die Gegend zu düsen, mit Catering und so. Logo! Hab' ich überhaupt noch nicht dran gedacht. Verdammt! Ich check mal die Bestände. Wann sind eigentlich wieder Schulferien?"

"Kein Schimmer. Auf dem Wandkalender im Büro ist nichts eingetragen. Das sollten wir mal bis zum Jahresende durchplanen."

Marie geht an mir vorbei. Es ist genau die engste Stelle auf dem Weg zum Büro. Ich sitze schon fast auf der alten Kommode. Sie schaut mich an, allerdings mit einem vollkommen fahlen, neutralen Blick, den sie gerade erst aufgesetzt hat. Einen winzigen Moment vorher funkelten ihre Augen noch ganz anders. Mein Herz klopft, sie ist ein Biest. Und sie hat ein neues Parfum. Meine Güte, was für eine Frau!

"Herr der Salami-Semmel, ich rufe Dich!", schallt es von draußen. Es ist Herbert, der mit vier leeren Klappkisten bewaffnet an den ersten Tisch geht.

"Germane, hab Acht!", versuche ich mit ähnlich lauter Opernstimme zu erwidern.

"Sieh da! Sieh da, Timotheus, die Ibyche des Kranikus!"

Solche herrlichen Verdrehungen von bedeutendem Kulturgut beherrscht Herbert wie kein anderer. Vermutlich gibt es wenig, was er in seinem Leben noch nicht gemacht hat, auf der Bühne war er jedenfalls auch schon gestanden.

Ich bin auf dem Weg zum Auto, um die zweite Hälfte Backwaren hereinzubringen, wir schütteln uns lächelnd die Hände.

"Allens kloor, Frank?"

"Jo, passt sowied, Herbert."

Herbert hilft beim Ausladen, jetzt kann es langsam losgehen. Bei unserer kleinen Einweihungsfeier hatte er zu fortgeschrittener Stunde Schuberts Ave Maria gesungen, und zwar so schön, dass kein Auge trocken blieb. Und nicht auf Plattdeutsch, sondern auf Latein.

*Ich verrate dir alle Geheimnisse, Frank, aber über meine Vergangenheit muss ich dich belügen*, sagte er später zu mir, als ich ihn, von der Darbietung beeindruckt, nach seinem Werdegang fragte.

Ein paar Stunden später, es ist 12.21 Uhr, drehe ich eine kleine Runde zu meinem Imbisswagen und kaufe einen Hotdog mit Röstzwiebeln. Der schmeckt mir immer noch genauso gut, wie vor Monaten, aus der Hand von Horst. Thomas macht heute Dienst für einen erkrankten Studentenkollegen. Ein sehr handfester Typ von der Kunstschule. Ich bin jetzt zwar Chef, aber ich bezahle den kleinen Snack natürlich ordnungsgemäß und gebe auch gut Trinkgeld. Es gibt noch einen Coffee-to-go. Mit dem wiederverwendbaren To-go-Becher von zu Hause mache ich es mir im Chef-Auto gemütlich. Und zwar mit der leckeren Chef-Nuss-Schnecke, die ich mir morgens reserviert hatte. Meine Güte, bin ich gerade vollkommen zufrieden! Dem Universum sei Dank! Das Handy bellt, eine SMS von Rita: *Hallo Großer! Geht's gut? Wir haben uns was Neues mit der Halle überlegt. Also, noch nich' so konkret bis zum Schluss, nur so grob erst mal. Wir*

*müssen uns mal wieder treffen. Außerdem vermisse ich deine*
*Zahnbürste in Maries Badezimmer! Das geht so nicht weiter.*

Schon wieder Herzklopfen, so geht das nicht weiter! Ein Schluck Kaffee, ein Bissen vom Kuchen, ich starre durch die Scheibe und bin dabei in einem vollkommen anderen Film.

Marie!

Wieder fliegen alle Register meiner Zweifel durch den Kopf und wieder möchte ich einfach nur bei ihr sein. Schon starte ich den Motor, hastig trinke ich den Kaffee aus, Mann, ist der jetzt noch heiß, der Rest vom Kuchen stößt an das Zäpfchen, ich schlucke reflexartig ein riesiges Stück unzerkaut, das sich dann mühselig seinen Weg durch die Speiseröhre bahnt. Das Auto hoppelt, ich würge den Motor ab, starte wieder, schau hastig nach rechts und links, Vollgas, zweiter Gang, da schaltet die Ampel gerade auf Rot. Na schön, ruhig bleiben, alles wird gut, kein Stress, wenn Marie die Richtige ist, dann wird das Schicksal das schon irgendwie regeln. Ich habe immer noch den Mund voll mit Kuchenresten, bin vollkommen aufgelöst, als wäre hinter mir ein Staudamm gebrochen. Fußgänger wechseln vor mir die Straßenseite, alles sieht friedlich aus. Was ist eigentlich los? Vielleicht hilft eine Bestandsaufnahme. Ich bin alleine, sie ist alleine. Sie beeindruckt mich. Sie ist attraktiv und sogar praktisch veranlagt. Ich bin immerhin neuerdings Unternehmer und ohnehin total in Ordnung, also, aber so was von in Ordnung. Ehrlicher wäre vielleicht: Ich habe keine Ahnung davon, ob andere Menschen mit mir etwas anfangen können. Das ist leider die Wahrheit. Daran kann ich allerdings nichts ändern. Wir machen einen Pizza-Abend bei mir und dann klärt sich das vielleicht.

Es hupt!

Wieso ist es da jetzt grün! Ich düse los, ohne Abwürgen, da wird es leider wieder gelb, der Fahrer hinter mir bremst und muss schon wieder warten. Den habe ich abgehängt! Mir scheint, ich bin nicht so ganz zurechnungsfähig, kindische Albernheit macht sich breit. Ich muss auf den Verkehr achten, sonst geht das hier noch schief.

Pizza-Abend! Wir machen einen Pizza-Abend.

Es geht nichts über so einen gemütlichen Pizza-Abend!

Noch ein paar Ecken, ein paar Kreuzungen und ich parke den Chef-Caddy wieder auf dem Chefparkplatz. Und der Chef sieht Maries Fahrrad und da rutscht dem Chef augenblicklich das Herz in die Hose.

"Gib mir bitte noch die Einkaufskarte von der Metro, ich hol' dann den Sekt direkt vor der Party."

Inga bereitet belegte Brötchenhälften vor und dekoriert sie dann auf einem Edelstahltablett in einer flachen Thermokiste. Auf dem Tisch sind bereits zwei andere mit Alufolie abgedeckt, eine isolierte Box und ein ähnlicher Behälter für Salate stehen verschlossen daneben. Stimmt, da hatte jemand was für seinen Geburtstagsumtrunk bestellt.

Die Karte für den Großmarkt steckt im Portemonnaie. Gedanklich immer noch beim Pizza-Abend brauche ich einen Moment länger.

"Ja, also, sieht ja prima aus. Hier ist die Karte. Machst du dann auch den Ausschank oder lieferst du das Zeug nur ab?"

"Nö, nur die Lieferung und morgen Mittag sammele ich wieder alles ein."

Ich muss jetzt unbedingt ins Büro gehen und irgendwie den Pizza-Abend ansprechen. Bei dem Gedanken verlässt mich meine Kraft, die Knie werden weich. Achim, der andere Kumpel von Thomas, kommt mir entgegen. Auch Kunststudent.

"Moin Chef. Hab' gerade sehr mutig für die nächste Woche bestellt. Sag mal, hast du was dagegen, wenn wir am Ende der Woche den Überhang bei einer WG-Fete auf den Grill legen? Dann wird nichts alt und so."

"Ja, nee, passt schon. Du bist doch der Unternehmer, meinen Teil habe ich schon abgegriffen. Viel Spaß!"

"Astrein, danke!"

Und schon ist er weg. Beim Umdrehen höre ich die Bürotür.

"Bin gleich wieder da."

Marie kommt mir entgegen und ist auch schon an mir vorbei. Wieder spüre ich mein Herz im Hals klopfen.

"Gibt's Stress?"

"Nee, alles fein. Ich muss nur mal fünf Minuten Himmel kucken."

Soll ich ihr jetzt folgen?

Natürlich!

Also trotte ich total locker hinter ihr her. Sie steht inzwischen mitten im Hof, streckt die Arme hoch und schaut in die Wolken.

"So ein richtiger Schreibtischjob wäre auf Dauer nix für mich. Ab und zu muss ich da oben raus und mich bewegen."

"Vielleicht können wir unsere Abläufe noch weiter optimieren und über so was wie eine Internetplattform alles regeln, was anliegt. Ich denke schon darüber nach."

"Und die Brötchen belegt ein Roboter, oder was?"

"Das wäre wohl zu viel Science Fiction, aber den Computer-Kram von zu Hause machen, das wäre doch schon was."

"Ja, gute Idee, Chef. Das wäre fein."

"Also, sag mal, was hältst du von einem gemütlichen Pizza-Abend? Ich bin eigentlich so langsam mit dem Rückspiel dran. Und eine feine Tasse Rotwein dazu! Was meinst Du? Kommenden Freitag vielleicht?"

Als ob ich Gedanken lesen könnte, ahne ich schon vorher ihr helles Lachen. Aber ob das nun *na endlich* heißen sollte oder vielleicht *was soll das denn* bleibt mir verborgen. Sie schaut mich von der Seite an und sagt nach einer Ewigkeit.

"Ja?"

Und nach einer weiteren Ewigkeit.

"Stimmt eigentlich."

Und dann sagt sie: "Mal sehen, ob Rita und Kai was vorhaben. Dann kochen wir schön was zusammen."

Mir steht zwar der Mund offen, es kommt aber gerade kein Ton heraus. Ungefähr ein Dutzend, sagen wir mal, der Situation angemessene Phrasen hätte ich parat gehabt, wenn sie Rita und Kai nicht erwähnt hätte.

"Ja, klasse", spricht da jemand, wie ein automatischer Anrufbeantworter. Das sagte ich, muss ich jetzt feststellen, in einem Zustand von Schockstarre. Dabei meinte ich eher:

'Nein! Verdammt! Mit dir alleine!'

Dank meiner automatischen Ansage scheint schon alles beschlossen zu sein.

"Ich freu' mich schon auf den Herbst, wenn sich das Laub färbt und die Wolken dunkler sind."

"Ja, schöne Zeit, der Herbst."

Meine Stimme hört sich jämmerlich an.

"Ich rufe Rita gleich mal an."

"Ja, gute Idee."

Und mir ist wirklich ziemlich jämmerlich. Wie der sprichwörtlich begossene Pudel schlurfe ich wieder rein. Ein Auto fährt auf den Hof. Herbert ist wieder da. Er überholt mich mit leeren Klappkisten und einer Tüte.

"Hab drei Brötchen von Samstag aussortiert. Die lagen gekühlt, die futtere ich nachher noch."

"Schau sie dir gut an, sicherheitshalber. Sorry, vergiss es, du kennst dich ja aus. Ich war gerade woanders."

"Nee, schon klar. Geht in Ordnung."

Wenn man in die Schlachterei hereinkommt, sind rechts an der Wand Arbeitsflächen und an der Wand ganz kurze Regalhalter, die die Kisten fixieren. Dort stellt Herbert gerade seine Klappkisten zu den anderen. Horst hatte mal bei einem Gemüsegroßhandel diese sehr stabilen Behälter in unterschiedlichen Größen besorgt. Es gibt ganz rechts die mit Namensschildern und am anderen Ende eine Reihe, die mit einer Farbsprühdose markiert worden sind. Wenn dieser Sprüh-Strich ohne einen Absatz diagonal verläuft, sind alle Kisten zu Hause. Jedenfalls wenn sie richtig sortiert sind. Alles sehr praktisch, was Horst hier eingerichtet hat. Ich höre Maries Stimme, vermutlich verbiegt sie gerade unser Dinner for two zu einem Wohngemeinschaftsevent. Manchmal denke ich, dass sie mich mag, aber heute denke ich das nicht. Oder sie weiß nicht, was sie von mir halten soll, oder keine Ahnung.

"Kann sein, dass Kai irgendwo auf dem Land ist. Hast du genügend Rotwein?"

Und andere mehr oder weniger wichtige Dinge besprachen wir, bis endlich Feierabend war. In meinem Auto angekommen fühlte ich mich so erledigt, dass ich nicht mal mehr nach Hause fahren wollte. Schließlich komme ich doch auf dem heimischen Sofa an. Beim Zähneputzen klingelt das Telefon.

"Ja, Rita hier, sag mal, willst du im Ernst, dass wir am Freitag mit Kind und Kegel bei dir auflaufen und einen Familienabend abhalten?"

"Was?"

Ich muss mir erst mal den Mund ausspülen.

"Also, warte mal, ich wollte Marie einladen, mit mir und bei mir was zu essen, die macht mich langsam vollkommen wahnsinnig."

"Ja, Frauen sind so. Jedenfalls die richtig verschärften. Aber sie sagte, dein Vorschlag war, uns mit ranzuholen, für einen netten Abend. Ich habe erst mal gesagt, dass wir bei einem Kumpel von Kai auf dem Land Geburtstag feiern. Also, Kai hat nicht so viele Kumpel, und erst recht nicht in der Botanik, aber ich war dann heilfroh, dass mir das so spontan eingefallen war. Willst du nicht mal mit ihr alleine sein? Bis du schon im Bett oder was? Ist doch erst halb zehn."

"Nein, bin auf dem Weg in die Federn. Und schön mit Rita und Kai zusammen etwas kochen, das war definitiv ihre Idee, ich schwör's dir!"

"Hihi, sie ist ein Biest, oder? Die ist genau das, was du brauchst! Natürlich wechselt sie sofort das Thema, wenn ich so nachfrage, was sie von dir hält, aber ich weiß, sie mag dich und ist neugierig. Und das kann auch langsam mal Zeit werden mit euch."

Unterdessen sitze ich auf dem Klodeckel und stütze mich am Waschbecken ab.

"Borr, meine Nerven!"

"Also pass auf: Wir feiern zusammen eine Fete nach der anderen, aber erst mal müsst ihr beiden ein Match machen und zusammen sein!"

"Gute Idee! Aber die macht mich doch fertig, in jeder Beziehung!"

"Nun heul mal nicht rum! Marie ist ein ganz feiner Mensch, ich achte sie sehr, und du hast langsam das Alter, wo du wissen solltest, wie man es einer Frau besorgt. Ansonsten habe ich noch ein paar Tipps für dich."

"Meine Güte, in Ordnung."

"Pass auf, Donnerstagabend ruf ich sie an und sage ab. Und dann erkläre ich ihr, dass sie es mal genießen soll, dass du sie bekochen willst."

"Gut!"

"Also, Großer, Samstag treffen wir uns auf ein paar Bier und Fischbrötchen am Museumshafen und dann zeigst du mir die Pariser, verstanden?"

"Ja."

"Zugeknotet, nicht die Unbenutzten, klar?"

"Sicher."

"Gute Nacht, mach dir keine Sorgen, das wird schon."

"Wenn du meinst? Gute Nacht."

Alter Schwede, das kann ja noch heiter werden. Marie stellt jetzt schon mein Leben auf den Kopf, wie wird das erst, wenn daraus eine Beziehung werden sollte? Mir fällt schon wieder ihr frecher Blick ein. Ich glaube, ein Kuss reicht und ich liefere mein gesamtes Leben bei ihr ab. Ich werde mich auflösen, von mir wird nichts übrig bleiben; wie ein Regentropfen, der auf dem kurzen Weg zum Ozean noch schnell seinen Ego-Trip auslebt, bevor er in einem Universum aus Wasser verschwindet. Reichlich durchgeschüttelt kontrolliere ich den Wecker. Irgendwie phlegmatisch und erschöpft schlafe ich, bis er klingelt.

Als ich etwas später blinke, um auf den Hof abzubiegen, bemerke ich, dass ich nicht ein Brötchen an Bord habe. Also umdrehen, zurück zur Bäckerei. Die Bestellung sollte Marie gestern aufgegeben haben. Das hat bis jetzt schließlich immer geklappt.

Noch etwas später, mit zwei Autolängen Vorsprung vor Herbert parke ich den Chef-Caddy. Ich lasse die Tür auf, Herbert kommt mir mit einem schlichten "Moin!" entgegen und nimmt den Rest von der Rückbank. Auf einem Bein balancierend, gibt er der Tür mit dem anderen Knie einen Schubser. Rrrramms, Tür zu. Neben seinen Schritten höre ich hinter mir. "Hi, Mary!" und "Moin, Herb!", filmreif mit reichlich texanischem Akzent. Schon wieder habe ich Herzklopfen. Dann sehe ich sie nur auf dem Vorderrad balancierend auf die Mauer zurollen. Und zwar mit etwas viel Schwung, würde ich mal sagen.

"Uuuih! "

Um nicht über den Lenker abzusteigen, muss sie jetzt wohl die Bremse loslassen. Genau. Das Rad schießt wieder vor, aber da kommt jetzt die Hauswand. Ein kurzes Gerangel: Mensch gegen Fahrrad, Fahrrad gegen Hauswand, Ruhe.

Ich schließe die Tür auf, Marie steigt ab und stellt das Rad auf den gewohnten Platz.

"Borr, das klappt noch nicht so! Hi, Cheffe!"

"Brich dir nicht deine hübschen Knochen!"

"Nee, keine Sorge. Ach, hast du Angst um mich?"

"Ohne dich kann ich doch den Laden zumachen."

"Hmm, schade, ich dachte schon."

"Und ohne Gips am Arm gefällst du mir besser."

Im Vorbeigehen bekomme ich einen schnellen Kuss auf die Wange, "Schön gesagt", flüstert sie und ist auch schon verschwunden. Der erste freundschaftliche Begrüßungskuss seit der Firmengründung. Ich muss erst mal durchatmen, ihr Parfum ist noch immer in meiner Nähe. Meine Güte, diese Frau!

"Same shit, different day! Na, Frank?"

Herbert lädt einen Turm Klappkisten ab, stellt die oberen mit Brötchen und Süßteilchen rechts auf die Arbeitsfläche an der Wand.

"Na, Herbert, alles gut?"

"Glaub schon."

Meinen Stapel Semmelkisten stelle ich zu den anderen. Weiter geht's. Bei den Kühlgeräten ist alles in Ordnung. Minusgrade von 19° bis 22° bei den Gefriertruhen, die Kühlschränke liegen bei 2° und 3°.

So, und jetzt ins Büro und den Chef geben.

"Na, Marie, alles gut?"

"Erst mal die Lage peilen, gibt's bei dir etwas Neues?"

"Nö, nicht so wirklich. Ach, sag mal, müssen wir die Kühltruhen wieder mal abtauen? Die sehen wieder so vereist aus. Und Ende des Monats bekommen wir ja auch wieder Material von Sönningsen, hast du den Termin schon? Vielleicht können wir schon vorher die Ersatzkühltruhe in Betrieb nehmen und immer im Versatz eine andere abtauen. Zum Schluss stellen wir die dann einen Tag auf Schockgefrieren, bis Sönningsen liefert."

"Das letzte Abtauen steht unten an den Tafeln dran. Weiß nicht, ist vielleicht schon ein paar Monate her. Aber stimmt, das könnten wir zusammen mit der Lieferung regeln. Gute Idee. Sag mal, die vom Imbisswagen erzählen, dass du nur noch Pommes Frites bei deinem Rundgang kaufst. Bist du jetzt etwa ganz vegetarisch?"

"Ach so, ja, mehr oder weniger. Diese Imbiss-Wurst ist schon super, aber ich habe gemerkt, dass es mir ohne Tierzeugs bessergeht. Vor allem könnte ich die Viecher niemals selbst umbringen und zu Sönningsen gehen fühlt sich feige an. Ich weiß nur nicht, was werden würde, wenn wir alles auf Tofu umstellen müssen, nur weil ich ein schlechtes Gewissen habe."

"Ganz ehrlich, Frank, an die Tiere darf ich auch nicht denken, aber so ist eben das Spiel hier. Einer lebt vom anderen. Aber die Tofu- und Sonstwie-Produkte werden immer besser. Könnte man vielleicht testen."

"Stimmt eigentlich. Falls sich ein Trend abzeichnet, sollten wir startklar sein."

"Mein Chef? Das wäre der Hammer!" Sie strahlt mich an.

Tatsächlich lebe ich annähernd fleischfrei. Ob das allerdings als Geschäftsmodell geeignet ist, sehe ich bislang nicht ganz klar.

Völlig klar ist dafür der Ausnahmezustand, in den ich gerate, wenn ich an Freitag denke. Ich bin unkonzentriert. Überall lasse ich etwas liegen, prüfe gedanklich jede Ecke meiner Wohnung und alles, was für einen gelungenen Abend nötig sein könnte.

"Siehst du die Schlüssel irgendwo?"

Ich war schon beim Auto, aber ohne Schlüssel wird das nichts.

Marie folgt meinen Spuren im Büro und nimmt den Ordner für den Steuerberater, den ich eigentlich auch mitnehmen sollte, und siehe da, die Schlüssel liegen dadrunter.

"Na, mein Chef? Vielleicht mal wieder ausschlafen?"

Jedenfalls grinst sie noch immer, als sie sich wieder hinter ihren Monitor setzt. Halb aus der Tür überlege ich wieder, was ich jetzt vorhatte, dreh mich zurück zu Marie. Sie lacht freundlich.

"Steuerberater, Notar, Hotdog beziehungsweise Fritten an deiner eigenen Frittenbude."

Ich muss auch lachen. "Gut, alles klar! Notfalls ruf ich an und frag noch mal."

Sie winkt und lacht nur. Und tatsächlich, nach ungefähr zwei Stunden beiße ich doch wieder in einen Hotdog mit Röstzwiebeln, vielleicht hilft es wieder mehr Erdung zu finden. Immerhin ist alles erledigt bis dahin.

Der Rest der Woche verläuft gleichmäßig chaotisch, mit steigender Tendenz. Schließlich ist Freitag, es ist 16.16 Uhr, als ich die Tür zur Schlachterei schließe, der Geheim-Code stimmt! Marie befreit ihr Fahrrad.

"Kann ich noch etwas mitbringen? 19 Uhr?"

"Ich denke mal, ich habe alles an Bord. Nee, komm einfach vorbei, wenn ich's versaue, gehen wir zum Italiener."

"Das Essen meinst du!" Sie lacht mich an und saust dann mit ihrem Rad los.

"Bis nachher, Frank. Ich freu' mich!", ruft sie über den Hof.

Einen Moment lang denkt es irgendwo in meinem System. Sie ist ein Biest!

Egal jetzt, ich muss nach Hause, duschen, die Pizza aus dem Gefrierfach holen und vor allem eine halbe Stunde entspannen, sonst geht wirklich alles schief. Zum Glück hat Rita gestern angerufen und

Marie eine Viertelstunde lang erklärt, dass es gerade total ungünstig wäre, alles sei schiefgegangen, aber beim nächsten Mal wären sie gerne mit dabei. Marie war anschließend nachdenklich und ich ahnte schon Ausreden, die sie sich ausdenken könnte.

Als es schließlich klingelt, bin ich gerade im Schneidersitz auf dem Sofa und die halbe Stunde Entspannung hatte vielleicht mal 10 Minuten.

"Ich bin's", krächzt die Sprechanlage. Schnell öffne ich die Wohnungstür und renne zur Küche. Es ist warm. Der Ofen ist schon seit locker 20 Minuten auf Temperatur, alles liegt bereit, eine Flasche Wein steht im Wohnzimmer, Gläser, Teller, Besteck, Knabberkram, eine Auswahl Musik-CDs ist vorbereitet, im Bad liegen frische Handtücher, ein neues Stück Seife mit Zimt-Duft aus Dänemark.

"Kuckuck!"

Sie ist da! Steht schon im Flur, mit einem Stoffbeutel und Blumen in der Hand.

"Hallo, Marie, schön, dass du hier bist." Ich freue mich wie ein kleiner Junge.

"Hallo, Frank, danke für die Einladung. Hab was mitgebracht." Offensichtlich sind wir beide etwas verlegen. Zwei Rosen mit schön dekoriertem Grünzeug streckt sie mir entgegen.

"Die sind für uns beide, also die kleine bin ich, die andere bist du. Ein bisschen Voodoo, dann klappt das auch mit der Pizza."

"Schöne Idee!" Das bewegt mich gerade sehr, aber ich mag es gar nicht so zeigen.

"Komm mit, wir suchen eine Vase."

Marie tauscht die Turnschuhe gegen die roten, hochhackigen Elegant-Schuhe aus dem Stoffbeutel, hält dann ihre rote Lederjacke hoch und schaut sich gleichzeitig um.

"Ach ja, hab schon." Sie trägt eine enge Jeans und einen fein gestrickten bunten Pullover. Vor dem Spiegel im Flur löst sie die silberne Haarspange, legt sie auf der Anrichte ab und kämmt sich mit den Fingern durch ihre Haarpracht. Inzwischen hat sie auf beiden Seiten einen kurz geschorenen Bereich, über den jetzt die üppigen Locken fallen. Ich muss in die Küche, sonst starre ich sie noch an wie ein Geisteskranker. Im Küchenschrank finde ich einen Messbecher mit breitem Standfuß, den ich in München auf dem Flohmarkt erstanden hatte. Vermutlich aus einer Laboratoriums-Auflösung. Oder lieber eine Flasche mit schwungvoller, weiter Öffnung, die für offenen Wein oder so was gedacht war. Ich zeige sie ihr.

"Schau mal, welche ist besser?"

Marie stopft hastig etwas Schwarzes in ihre Stofftasche.

"So, emm, ja die Rechte, also, ja genau."

"Stimmt, das andere Ding ist zu gerade."

Vorsichtig schneide ich die Rosen unter lauwarmem Wasser an und stecke sie in diese Weißhals-Weinflasche. Das sieht schön aus. Ich prüfe noch mal die Temperatur und fülle die Vase ungefähr zu zwei Dritteln. Marie ist schon im Wohnzimmer, schaut sich um.

"Oh ja, das ist schön", sagt sie und begutachtet gleich wieder das Bücherregal.

"Hier ist das Wohnzimmer und komm mal mit in die Küche, da kannst du dir gleich mal die Pizza aussuchen, die du möchtest."

Hinter mir höre ich ihre Schritte, ich bin unsicher, fühle mich beobachtet.

In der Küche ist schon alles ausgebreitet, der Ofen hat bereits die ganze Wohnung beheizt.

"Fast vergessen!" Im Umdrehen bekomme ich einen schnellen Kuss.

"Das Begrüßungsküsschen. Schön, dass du mich in deine Welt eingeladen hast, bin neugierig."

Ein anderes Parfum! Dieses kenne ich nicht. Es hat eine spürbare Intensität, ohne sich aufzudrängen, hat etwas Schweres, sehr Weibliches.

"Hast du Tomaten, die haben hier gespart, finde ich."

Tomaten, habe ich Tomaten?

"Oh, erwischt. Warte mal." Gestern war ich auf dem Markt und habe verschiedene Oliven und getrocknete Tomaten und auch Mozzarella gekauft und ein kleines Fadenbrot.

"Was hältst du davon?"

"Getrocknete. Lass mich mal probieren."

Schnell fummele ich ein kleines Gemüsemesser aus dem Besteckkasten heraus, ein Holzbrett lehnt an der Wand.

Ihre Fingernägel sind dunkelblau lackiert, das fällt mir erst jetzt neben den Tomaten auf.

"Hey, die sind lecker! Ich schneide mal zwei davon ganz fein, das ist das i-Tüpfelchen!"

Als hätte sie schon immer in meiner Küche Gemüse geschnippelt, schneidet sie die Tomaten klein, verteilt die schmalen Streifen auf der Mozzarella-Pizza.

"So, ab in den Ofen!"

Die Pizza liegt auch auf einem Holzbrett mit Backpapier, an dem ich sie auf die mittlere Schiene ziehe. Geschafft, auf die Uhr schauen. Marie hat sich die Hände abgespült und auch schon das Handtuch gefunden.

"Was gibt's noch zu sehen in deiner Wohnung?"

"Die Hälfte kennst du jetzt schon. Hier nebenan ist das Bad." Erleichtert sehe ich alles sauber geputzt, die Seife duftet und Marie scheint auch zufrieden zu sein.

"Schön." Mehr sagt sie allerdings nicht.

"Und hier ist das dänische Bettenlager."

So eine aufgeräumte Wohnung ist was Feines. Ich nehme mir vor, in Zukunft jede Kleinigkeit sofort wieder an ihren Platz zu bringen.

Ohne einen Blick auf das Bett zu werfen, sagt sie schnell: "Schön hast du's hier." Jedenfalls hat sie sich bemüht, dass ich diesen Blick nicht mitbekomme.

"Da, das ist der Flur."

"Schöner, alter Spiegel." Sie kämmt sich noch einmal durch die Haare im Vorbeigehen, prüft das Ergebnis.

"Komm, der Wein lüftet schon lange genug."

Wir gehen vor ins Wohnzimmer, Marie besetzt das Sofa. Fast ohne Kleckern schenke ich ein und nehme das Glas, an dem gerade ein Tropfen herunterrinnt. Marie bekommt das andere.

"So, schön, dass du da bist!"

"Danke für die Einladung!"

Wir stoßen an, ich nehme gleich einen ordentlichen Schluck in der Hoffnung, endlich lockerer zu werden.

"Du hast dir hier eine schicke Wohnung eingerichtet."

"Danke, inzwischen ist es ganz passabel. Magst du Musik hören? Ich habe sogar Franz Ferdinand im Angebot oder wie wär's mit Fleetwood Mac?"

"Ja, mach die mal an." Sie schaut zum Fenster, als wenn es dort etwas Interessantes zu sehen gäbe. Ich sehe allerdings nichts, zu hören ist auch nichts. Rumours von Fleetwood Mac läuft an. Gerüchte zu Deutsch. Vielleicht schildert das gerade unsere Situation. Marie setzt sich ganz nach vorn auf die Kante und schaut kurz an mir vorbei, nippt dann wieder am Glas. Ihre Augen sind schmal, als wäre sie geblendet wie von hellem Rampenlicht. Je mehr ich ihre Nervosität wahrnehme, umso mehr weiche ich ihr irgendwie aus. Wir sind wie zwei Magnete, die versuchen, sich mit gleicher Polung zu begegnen und spüren bei jedem Näherkommen immer mehr abstoßende Kräfte. Ich bin bedrückt, schau auf die Uhr, beschließe, nach der Pizza zu sehen.

"Bin kurz in der Küche."

Sie rutscht hin und her, sitzt an der Kante, nickt mir zu und schaut dann wieder zum Fenster. Auf der Pizza schmilzt gerade der Käse, von Bräunung keine Spur.

"Dauert noch etwas."

Die Zufallsauswahl des Players hat *Gold Dust Woman* ausgesucht. Stevie Nicks schafft zusammen mit der Band eine sehr dichte, schwüle Atmosphäre, passend zu Maries Parfum. Mit dem Glas setze ich mich in den alten Sessel aus dem letzten Sperrmüll. Marie hat schon ausgetrunken, ich schenke uns nach.

"Danke, schmeckt lecker. Der gute Reserva ist das wieder?"

"Ja, genau."

Besonders locker sind wir beide nicht. In diesem Moment fürchte ich mich vor einem total verkrampften Abend und wünsche, Rita und Kai wären jetzt hier. Du meine Güte! Momente vergehen schwerfällig.

"Pizza und so." Mehr bekomme ich nicht heraus, gehe wieder den Ofen besuchen und sehe goldbraune Ränder. Immerhin, die Pizza ist fertig! Ich versuche einen Zipfel des Backpapiers zu erwischen, ohne mir die Finger an dem Rost zu verbrennen. Die erste Pizza ist wieder auf dem Brett, die zweite kommt gleich in den Ofen, Klappe wieder zu. Es gibt achtel Stücke, das ist einfacher. Es riecht ziemlich gut.

"So, Nummer 1 ist fertig. Ich stell' das Brett mal einfach hin, was meist du?"

"Fein", sagt Marie, ohne mich anzuschauen, und angelt ein Dreieck herunter auf ihren Teller.

"Sorry, warte mal. Wir brauchen so ein Papiertuch. Sekunde kurz."

Das lag auch schon bereit, hatte ich nur vergessen. Auf dem Rückweg reiße ich ein Blatt ab und reiche es ihr.

"Danke, ich kleckere hier schon rum."

Die Fertigpizza ist gar nicht schlecht, etwas heiß natürlich, aber diese getrocknete Tomate hatte wirklich noch gefehlt. Wir trinken Wein, rutschen auf den Polstern herum wie auf Nagelbrettern, es ist furchtbar verkrampft. Marie isst eher gehetzt, probiert, Stückchen abzubeißen, hat sich schon das zweite Stück auf den Teller geholt und pustet dran herum.

"Schmeckt gut!", sagt sie kurz, ohne Blickkontakt. Merkwürdig, sonst schaut sie mich an und ich bin es, der nur schwer standhalten kann. Wenn ich nur einmal wüsste, was in diesem Kopf vor sich geht. Fleetwood-Mac spielt *The Chain*. Das passt, wir sind in Ketten. Mir fällt unsere Studentenhorde von der Kunstschule ein, reden wir einfach mal über das Geschäft.

"Sag mal, hast du eine Ahnung, was unsere Künstler-Gilde veranstaltet? Ich blick' da nicht mehr durch."

"Ja, ach, die sind harmlos. Die helfen sich nur gegenseitig, das ist eigentlich total sozial und kumpelig und dann muss eben der Beschenkte eine Fete organisieren und etwas spenden. So habe ich viel Material für meine Wohnung, sagen wir mal im Tauschverfahren, bekommen können. Die suchen sich alle clever die Jobs aus, wo man mal etwas abzweigen kann, ohne dass es auffällt oder weh tut."

"Na ja, so'n bisschen Beschiss ist aber dabei, oder?"

"Also diese Grillaktionen laufen auch für so Unterstützung im Studium oder letztens hat Achim ein Auto für einen Umzug organisiert. Hilfe bei einer Semesterarbeit und so. Das ist so das, was ich mitbekommen habe, allerdings von anderen Leuten an der Fachschule."

"Ach, passt schon. Ich denke auch, die sind in Ordnung!"

"Klar sind die in Ordnung, nee, das ist schon alles bestens. Ich schau' auch ganz streng, wenn Achim mal wieder nach einem Gefallen fragt, dann hat er gleich die Hosen voll und spricht dann mit dir. Ich pass' auf, was die Jungs machen."

"Das ist gut, dann bin ich beruhigt. Eigentlich finde ich das auch nicht schlimm, ich will nur keinen Ärger bekommen, falls die abgelaufene Sachen verfüttern oder so was."

"Wenn die übermütig werden, dann merk' ich das und ich kenne auch genug an der Schule, um querzuchecken."

"Dann bist du also auch noch die Geheimdienstmitarbeiterin bei uns."

"Stasi 2.0! Nee, mach dir keine Sorgen, ist alles korrekt und die sind ja auch nicht doof. Also, deine Pizza ist schon edler als die vom Billigheimer. Ist echt lecker."

Also, wir reden zwar jetzt, aber Marie ist so schrecklich förmlich und zackig. Die Pizza kühlt auch ab, die letzten Stücke werden angefangen. Vermutlich ist es noch zu früh, aber ich gehe trotzdem mit dem Brett los, um nach der anderen Pizza zu schauen.

"Was denkst, werden wir mehr als die Zweite brauchen?"

Marie leert ihr Glas erneut. "Ach, mach erst mal langsam. Oder bring die erst mal her, wenn die schon fertig ist. Dann haben wir etwas zum Knabbern."

Die zweite Pizza ist noch zu blass und braucht noch ein paar Minuten. Vielleicht sollte ich gleich noch eine Flasche Wein mitnehmen!

Halt!

Nein, soll ich ihr wirklich eine Falle stellen? Vielleicht passiert ja auch gar nichts, könnte schließlich auch sein. Ich spüre, dass der Grad, auf dem ich mich im Moment bewege, immer schmaler wird. Mist, was mache ich jetzt? Ohne Pizza, ohne Wein, aber mit einem schlechten Gewissen setze ich mich wieder. Das Nachschenken vergesse ich bewusst und kaue langsam und genüsslich an einem kleinen Happen herum. Dann nimmt sie die Flasche, prüft, wie viel noch drin ist, und verteilt den Rest. Mit einem Papiertuch wische ich meine Finger ab und wartet. Marie trinkt einen Schluck, schaut aus dem Fenster, stellt das Glas wieder ab.

"Hast du noch mehr davon? Du lüftest den doch immer."

Genau rechtzeitig hatte ich mir den Mund vollgestopft und nuschele: "Klar, in der Abstellkammer."

"Da neben dem Bad, oder? Ich hol' mal eine neue."

Marie ist aufgesprungen, entlockt der leeren Flasche noch ein paar Tropfen und stellt sie in der Küche ab. Achtung, jetzt wird's ernst! Ich hörte die Tür zur Abstellkammer knarren, den Lichtschalter, Maries Schuhe auf dem Terrazzo. Die Kunststoffkiste mit den Kartoffeln klappert.

Batsch! Scherben!

"Oh nein! Verdammt! Oh nein, Scheiße!"

Ich stehe unter Strom, weiß natürlich genau, was da gerade passiert ist. Aber was passiert jetzt? Wie reagiert Marie?

"Kein Problem!", rufe ich schnell.

Ich mache mich auf den Weg, überlege, wie ich mich verhalten soll, ohne Verdacht zu produzieren.

"Da ist auch irgendwo ein Eimer mit Putzlappen!"

Marie hat schon alles gefunden und schippt mit der Handschaufel Wein und Scherben in den Eimer.

"Oh Mensch, tut mir leid! Der schöne Wein, verflucht! Die Flasche hat sich so blöd verklemmt an dieser Kiste und dann ist sie mir aus der Hand gerutscht. Mist! Oh nee, das fängt ja gut an."

Inzwischen stehe ich im Flur, bemerke, wie meine Hände zittern.

"Kein Problem, wir haben noch genug davon. Pass auf, dass du dir nicht die Sachen versaust. Mach dir keine Sorgen, alles kein Problem. Hätte ich lieber machen sollen, tut mir leid. Es liegt an meinem Chaos hier."

Marie wischt auf dem Boden herum. Sie hat schon fast alles beseitigt, den Wein mit dem Kehrblech in den Eimer gekippt. Dann fällt eine Scherbe hörbar auf den Boden.

"Autsch! Mmmmh, ach Mann."

"Verletz dich nicht!"

Dieser Hinweis kommt wohl zu spät, Marie richtet sich auf, hält die rechte Hand hoch. Blut läuft. Bevor es den Ärmel erreicht, streckt sie die Hand zur Seite und Blut tropft auf die letzten Pfützen Rotwein. Mit der anderen Hand holt sie eine Packung Papiertaschentücher aus der Hosentasche und gibt sie mir.

"Ich hab' die letzte Scherbe nicht gesehen."

"Zeig mal, ist noch was dringeblieben?"

An ihrem Handballen läuft Blut aus einem s-förmigen Schnitt.

"Ist nicht so schlimm, macht nichts, gib mir so ein Tempotuch. Das wird gleich besser."

Marie betupft ihre Hand. "Lass mich kurz mal ins Bad."

Ich mache Platz, Marie holt ihren Stoffbeutel und verschwindet im Bad. Der Rest des kleinen Unfalls ist schnell beseitigt. Eine große Scherbe mit einem Stück vom Flaschenboden war halb unter das Regal gerutscht, daran hat sie sich wohl geschnitten. So sollte das aber nicht enden. Mir fällt der Verbandskasten ein. Klar, hier ist doch irgendwo ein alter Kasten aus einem längst verkauften Auto. Ja, mit etwas Geduld findet man hier fast alles.

"Marie?" Ich klopfe an der Badezimmertür. "Ich habe hier Verbandszeug. Geht's dir gut?"

Sie stellt gerade den Wasserhahn ab. "Ja, alles gut, Sekunde."

Als sie die Tür öffnet, ist sie verändert, also ihr Gesichtsausdruck und ihre Körperhaltung. Merkwürdig. Sie lächelt fast verlegen. "Tut mir leid", sagt sie leise.

"Mir tut's leid, dass du dich verletzt hast. Ist es schlimm? Zeig mal."

Sie nimmt mir den Kasten ab und zeigt mir die andere, verletzte Hand. Es blutet immer noch ordentlich. Marie tupft mit dem Papiertaschentuch immer wieder neben der Wunde herum. Unsere Blicke kreuzen sich. Sie ist jetzt wie verwandelt. Ich kann mit dieser Veränderung gerade gar nichts anfangen.

"Schau mal nach der Pizza, also ich mach' erst mal eine Pause. Darauf können wir später noch zurückkommen. Sag mal, bekomm' ich ein Glas Wasser? Ich brauch' jetzt ein Glas Wasser."

Ohne die Tür zu schließen, geht sie zurück ins Bad, betupft ihre Hand und legt den Verbandskasten auf dem Klodeckel ab. Nervös springe ich dazu, als ich sehe, wie sie probiert, den mit einer Hand aufzubekommen.

"Sorry, lass mich mal. Habe ich nicht dran gedacht. Und lass uns das mal ein wenig verarzten."

Dabei untersuche ich den Inhalt, nehme eine Mullbinde heraus und eine Rolle mit so dickerem Stoffzeug. Ich weiß nicht, wie sich das nennt. "Hier, schau mal, das ist es doch."

Marie räumt ihr Portemonnaie vom Waschbecken zurück in den Stoffbeutel, was wollte sie denn damit? Dann nimmt sie ein neues Papiertaschentuch, knüllt die beiden blutdurchweichten zusammen und schaut nach, ob sie noch einen Tropfen an ihrer Hand damit aufnehmen kann.

"Nee, also später kann man das verbinden. Ich muss kurz zu deinem Mülleimer."

Ich stehe im Weg.

"Ja, wie du meinst. Ich kümmere mich mal um die Pizza und Frischwasser. Setz dich rüber, ich betüdele dich jetzt erst mal."

Den Verbandskasten drücke ich wieder zu, die Kunststoffverschlüsse schnappen knacksend ein. Ich weiß nicht, wohin damit, und lege den einfach zu dem Stapel Handtücher im Regal.

So, Pizza stoppen, Wasser Marsch.

Die wird mir doch wohl nicht aus den Puschen kippen?! Nein, Marie, doch nicht. Sie kommt mir entgegen und geht gleich ins Wohnzimmer durch. Komisch, sie ist jetzt total anders, bewegt sich langsamer, ich verstehe das nicht. Die Pizza wäre jetzt genau richtig, bleibt aber ungeschnitten auf das Brett. Mit einem Glas in der Hand warte ich, bis das Wasser schön kalt über meine Finger fließt. Den Ofen schalte ich aus, der hält die Wärme ohnehin eine Weile. Im Wohnzimmer läuft Fleetwood Mac, ungerührt von unseren Abenteuern.

"Und Wasser haben wir auch genug. Habe es extra einen Moment laufen lassen."

Marie sitzt schräg auf dem Sofa, sie lehnt sich entspannt zurück. Ihre verletzte Hand liegt auf der Lehne und hält ein Taschentuch. Sie nimmt mir das Glas ab, trinkt es fast aus und sagt mit weicher Stimme.

"Danke, mehr bitte."

Sie lächelt und wieder stelle ich fest, dass sie ganz verändert ist. Jetzt schaut sie mich ruhig an, ist auffallend entspannt, ihre Augen sind wach und aufmerksam. Diese Frau macht mich wahnsinnig. Das zweite Glas Wasser stelle ich auf dem Tisch ab und mache es mir auch wieder im Sessel gemütlich.

Besorgt frage ich: "Blutet es immer noch?"

Marie dreht die Hand und schiebt dabei das Taschentuch zurecht.

"Ja, ein wenig. Ist schön, also nee, kein Problem, das hört sicher gleich auf."

Dabei hatte sie kurz mit den Augen gezuckt, als hätte sie sich versprochen. Warte mal, hat sie wirklich schön gesagt? Ich verstehe gar nichts mehr. Marie schlägt die Beine übereinander, legt den Kopf auf ihren ausgestreckten Arm. Dann schaut sie mich aus dem Augenwinkel an.

"Wirklich, eine sehr schöne Wohnung, die du hier hast. Wie bist du da rangekommen?"

"Das lief ganz verstrickt, über ein paar Umwege und natürlich über Horst! Der kennt ja dermaßen viel Leute. Ja, ich freue mich auch jeden Tag. Und nur 430 Euro, allerdings kalt. Horst meinte: Im Winter ziemlich kalt. Ist eben schon etwas älter. Nächstes Jahr werden die Fenster neu gemacht, dann wird es billiger mit der Heizung."

Marie schmunzelt: "Dafür steigt dann die Miete!"

Sie trinkt Wasser, das Glas ist wieder fast leer. Sie atmet tief durch, als wollte sie etwas loslassen, und streckt sich wieder aus.

"Ist dir nicht gut?", frage ich unsicher.

"Ach, geht schon. Ich habe wohl den guten Rotwein etwas zu schnell getrunken. Oh nein, was für ein Tag."

"Magst du dich einen Moment hinlegen?"

"Weiß nicht", sagt sie und mir scheint, als würde sie gerade etwas abbauen. "Oh nee, ich kann mich doch jetzt nicht hier ablegen, das ist doch unser Pizza-Abend."

Ein paar Momente vergehen in einem Niemandsland, das sich zwischen uns breit gemacht hat. Als wäre sie jetzt schlagartig betrunken, fährt sie mit den Fingern durch die Haare und atmet tief aus.

"Tschuldige bitte! So ein Mist, entschuldige, ich bin doof."

Das verstehe ich jetzt überhaupt nicht. Ihre Sprache wird undeutlich.

"Nee, das ist ja nicht dein Problem! Ich hätte die Flaschen nicht so verstecken sollen. Das war doof! Jetzt mach dir bloß keine Sorgen. Hauptsache, du bist okay. Tut mir so leid, dass du dich verletzt hast."

Marie schaut mich mit irritierten Augen an: "Du, Frank, mir tut's leid, kann ich mich wirklich hinlegen? Wo kann ich denn hin?"

"Wenn du auf dem Sofa bleiben willst, ich hole eine Decke."

"Nee, ich muss mich hinlegen, also, hast du noch ein Krankenzimmer für hysterische Frauen?"

Inzwischen bin ich aufgestanden, mache mir wirklich Sorgen, sie schaut mich mit einem komischen Blick an.

"Du kommst jetzt mal schnell aufs Bett, glaube ich."

Ich strecke ihr die Hand entgegen. Mühsam setzt sich Marie auf die Kante, dann zieht sie an meinem Arm, ist ganz schwer. Unbeholfen, mit gesenktem Kopf trottet sie neben mir her. Ihre Hand ist kalt und feucht. Schnell mache ich Licht im Schlafzimmer, schlage die Decke zur Seite. Sie hat sich schon fallen lassen, bemüht sich, die Beine auch noch auf die Matratze zu bekommen. Irgendwas ist schiefgegangen, ich bin ziemlich irritiert und schnappe ihre Beine, helfe nach. Ihre Hand mit dem blutigen Taschentuch legt sie auf die Stirn.

"Danke, du bist lieb. Ich glaube, ich wollte eigentlich irgendwie anders dein Bett kennenlernen." Dabei schnauft sie kurz und atmet dann wieder tief durch. Ich ziehe ihr die roten Schuhe aus, stelle sie an den Nachtschrank. Das war jetzt eigentlich mal eine gute Nachricht. Ich lege ihr die Decke über die Beine. Sie rührt sich kaum, atmet schwer.

"Muss ich mir Sorgen machen, ober kennst du das schon? Also, hast du so einen Schrecken bekommen? Oder war das der Schnitt? Ach

Mist, das war blöd von mir, dich auf mein Chaos loszulassen. Ruh dich erst mal aus."

Sie sucht meine Hand. "Ich erzähl's dir später. Morgen bin ich wieder in Ordnung. So lange musst du mich irgendwie ertragen."

Sie lässt wieder los und stellt dann den Gürtel mit einer Hand weiter.

"Ich räume mal die Küche auf, und wenn du etwas brauchst, sag bitte Bescheid! Und ich schau' auch gelegentlich vorbei oder soll ich lieber bei dir bleiben?"

Marie schiebt die Decke zurecht.

"Ach Mist, ich hab's versaut, entschuldige bitte. Gib mir nachher eine Wolldecke, das reicht dann schon. Kann ich hierbleiben bis morgen?"

"Natürlich, kein Problem. Ich mach' mir nur ein bisschen Sorgen."

"Brauchst du nicht, ich kenne das schon, wir besprechen das später."

Im Schrank wartet ein zweites Set Bettwäsche auf seinen Einsatz, und bei dem Gedanken, dass ich extra alles neu gekauft und im Waschsalon gewaschen habe, genau für diesen Moment, fühle ich mich wie das letzte Arschloch. Ich habe sogar zwei unterschiedliche Bezüge fertig gemacht, damit es wirklich zufällig aussieht, dass da noch Bettzeug im Schrank ist. Für eine Sekunde fühle ich mich wie ein kranker Schwerverbrecher. Aber es ist bereits irgendetwas anderes entgleist, ich weiß nur nicht, was.

"Licht aus? Die Tür lass' ich auf."

"Ja, bitte, du bist lieb."

Wie mit einer zentnerschweren Last beladen schlurfe ich in die Küche. Pizza und die anderen Lebensmittel kommen in den Kühlschrank. Die Teller aus dem Wohnzimmer spüle ich heiß mit etwas Geschirrspülmittel ab. Das Brett schrubbe ich gründlicher und stelle es auf die Heizung. Und jetzt? Was ist denn mit Marie los. Die Musik-Endlosschleife nervt so langsam. Alles aus. Ja, und jetzt lege ich mich einfach zu ihr ins Bett, oder was? Merkwürdige Situation. Mir fallen im Wohnzimmer die beiden Rosen ins Auge. Die stehen da wirklich in schöner Anmut in dieser Vase, wie Balletttänzer, genauer gesagt, wie ein verliebtes Paar, dass sich aneinander anschmiegt. Die stelle ich jetzt zu Marie rüber, auf den Nachttisch.

Als ich um die Ecke schaue, winkt sie einen Moment später, sagt aber nichts. Leise stelle ich die Blumen ab. Da lächelt sie kurz, schließt aber die Augen gleich wieder. Eine Träne kullert über ihr Gesicht.

Ich beschließe ganz normal weiterzumachen, gehe pinkeln, putze Zähne. Im Flur glimmt eine kleine Lampe in der Steckdose zwischen Badezimmertür und der Kommode. Das dient der Orientierung, habe ich natürlich auch erst in der letzten Woche besorgt, für den Fall, dass ich spontan einen Übernachtungsbesuch bekomme. Ich fühle mich schon wieder wie ein Verbrecher. Im dunklen Schlafzimmer taste ich nach dem Schrank und der zufällig griffbereit liegenden Bettwäsche, lege sie vorsichtig neben Marie.

"Oh, Frank, tut mir leid. Nicht sauer sein, bitte? Und ich glaub', ich brauch' jetzt doch ein Pflaster, sonst mach' ich hier noch Flecken."

"Mach dir keine Sorgen, das war mein Fehler, echt jetzt. Achtung, ich mach' mal Licht an."

Etwas geblendet sehe ich, dass Marie noch genauso daliegt wie vorhin.

"Sag mal, wie geht's dir? Ich mach' mir schon Sorgen."

"Brauchst du nicht, morgen bin ich wieder in Ordnung, dann probieren wir noch einen Pizza-Abend!"

Ich muss lachen, das waren doch schon mal meine Ideen. "Gut, machen wir. Und nicht weglaufen!"

Sie schnauft nur kurz. Im Bad schnappe ich mir den Verbandskasten, schau in den Spiegel. Ich habe ein schlechtes Gewissen, sagt mir mein Gesicht. Mit dem Schuldgefühl und dem Verbandszeug setze ich mich zu Marie auf die Bettkante. Sie hat die Augen zu, hält mir ihre verletzte Hand hin. Das getränkte Papiertaschentuch klebt an der Wunde, ist teilweise geknüllt. Unbeholfen versuche ich es zu lösen, trau mich nicht wirklich, dran zu ziehen. Es blutet nicht mehr, aber wenn ich jetzt ungeschickt bin, geht das wieder auf. Verdammt! Plötzlich rutscht Maries andere Hand an mir vorbei und legt eine zehntel Sekunde später das geknüllte Taschentuch auf dem Nachtschränkchen ab. Jetzt quillt am Ende des s-förmigen Schnittes wieder der rote Saft raus. Ich tupfe vorsichtig und lege das verklumpte Taschentuch wieder zurück.

"Ich glaube, ein Pflaster reicht nicht. Ich wickele das mal ein."

"Ich vertraue dir", murmelt sie, ohne die Augen zu öffnen. Ihre Sprache ist seltsam undeutlich. Was ist nur mit ihr los. Und ich Idiot habe sie in diese Situation gebracht.

Aber jetzt geht es nur noch nach vorn.

Also fummele ich aus dem Verbandskasten eine verpackte Mullbinde heraus und da ist auch eine sterile Wundauflage. Vielleicht besser als diese Meterware. Die aufgerissenen Hüllen kommen zum Taschentuch. Möglichst ohne das sterile Stück Zellstoff zu berühren, versuche ich ihre Hand zu verbinden, lege die Mullbinde immer abwechselnd um den Daumen herum und dann wieder um das Handgelenk. Der Erste-Hilfe-Kurs ist lange her. Das letzte Ende reiße ich in zwei Hälften, umwickele einmal den Daumen und verknote am

Handgelenk. Sicherheitshalber verklebe ich die kritischen Stellen mit Hansaplast. Das sollte erst mal halten.

"Danke", sagt sie leise. "Hast du ein T-Shirt für mich?"

"Ja klar, Sekunde."

Ich eile wieder ins Bad, wo die Unterwäsche deponiert ist.

"Und ein paar dicke Socken bitte!", höre ich dann und nehme Stricksocken aus der Pappschachtel darunter mit. Marie sitzt auf der Bettkante, ihr Kopf ist gesenkt, sie stützt sich ab und atmet tief.

"Hier schau mal. Vielleicht nicht ganz deine Größe, aber dafür gemütlich."

Sie nimmt mir das Shirt ab und zieht sich direkt den Pullover über den Kopf und hält ihn mir hin. Jetzt lächelt sie endlich wieder und ich weiß gar nicht, wo ich hinsehen soll.

Gütiger Gott, sie ist schön, um Himmels Willen, ist sie schön!

Sie lehnt sich zurück, stützt sich auf die Ellenbogen und streckt mir ein Bein entgegen.

"Zieh mal!" Ich klemme den Pullover unter den Arm und ziehe an der Hose. Dann kommt das andere Bein dran, die Hose halte ich jetzt zusammen mit dem Pullover wie einen Vorhang, weil ich nicht weiß, wo ich hinschauen soll, ohne diesen Männerblick zu entwickeln. Sie trägt eine Unterhose, immerhin, aber das war's dann auch schon. Nie hätte ich gedacht, dass sie so schlank und durchtrainiert ist und ihr Busen streckt sich mir vorlaut entgegen, während sie das T-Shirt überstreift. In der anderen Ecke des Zimmers, vor dem Fenster, sind zwei alte Stühle und ein kleiner Tisch aus dem Sperrmüll. Ihre Sachen lege ich dort ab, bin gedanklich allerdings noch unter dem T-Shirt. Die Socken. Ich hatte sie in die hintere Hosentasche gestopft.

"Die hab' ich auch noch", sage ich schnell, als ich wieder am Bett stehe.

"Mach mal bitte." Etwas umständlich streife ich ihr die Socken über.

"Danke", und schon liegt sie wieder. "Ach, du hast ja noch Bettzeug, wie praktisch."

"Ja, wenn's kalt wird oder so."

Es gab Zeiten, da war ich wirklich ein besserer Lügner.

Aber zuerst schalte ich die Lampen auf den Schränkchen am Bett ein und dann die Deckenbeleuchtung aus. Diese schwachen Ikea-Lämpchen hatte ich mit einer Wechselschaltung versehen. Das heißt, letzte Woche tauschte ich die Schalter aus und bastelte ein Verbindungskabel dazwischen. Hatte ja sonst nichts weiter zu tun.

Meine Hose landet auf dem zweiten Stuhl, das Hemd kommt über die Lehne, die Socken auf die Hose. Und jetzt wie ein altes Ehepaar in die Federn und schnarchen. In Unterwäsche klettere ich ins Bett, versuche Abstand zu halten, ohne gleich wieder herauszufallen. Obwohl, ein Meter sechzig Breite normalerweise ausreichen sollte. Mir fällt auf, dass jede Bewegung ungeheuer viel Krach macht. Licht aus. Marie dreht sich zur anderen Seite und etwas von mir weg. Einerseits ist jetzt mehr Platz, andererseits, ja, wendet sie sich ab. Ich weiß immer noch nicht, was überhaupt mit ihr los ist.

"Wie geht das mit dem Licht? Ich muss noch mal raus, für kleine Asylsuchende."

"Ich mach schon", sage ich schnell. "Der Knopf ist unten an der Lampe."

Mühsam quält sich Marie auf die Bettkante und tappst dann in den Flur.

Diese Falle war so eine Scheißidee, ich bin ein Arschloch.

Nach einer Weile plumpst sie zu mir ins Bett. "Danke, Frank."

Licht wieder aus. Und ich liege wie nach einem Stromschlag völlig verkrampft halb auf der Seite. Jede kleinste Bewegung verursacht Geräusche, die Matratze gibt jedes Ruckeln weiter. Dabei genieße ich alles, was von Marie kommt, und traue mich selbst kaum zu atmen, um sie nicht zu stören.

Hurra, ich bin jetzt langsam völlig verrückt!

Mit vorher detailliert geplanten Bewegungsabläufen drehe ich mich ebenfalls von ihr weg, zum Schrank und erstarre wieder.

"Gute Nacht", sagt sie leise und drückt ihr Bein kurz an meines.

"Schlaf schön", erwidere ich und es klingt misslungen.

Nach einer Weile entspannt sich mal der eine oder andere Muskel und ich schaue auf die Schranktür. Die Augen haben sich an die Dunkelheit gewöhnt. Das Licht einer entfernten Straßenlaterne dringt durch den Vorhang, sodass man gerade noch etwas erkennen kann. Eigentlich ist alles in Ordnung im Moment und friedlich, und mit zunehmender Entspannung bekomme ich Abstand zu diesem chaotischen Abend. Alles erscheint mir gerade, als hätte ich den Ausschnitt eines Films gesehen und von der ganzen Geschichte nichts verstanden. Und ich nehme Maries Parfum wieder bewusst wahr. Meine Güte, war das jetzt ein Stress. Mir fällt wieder ein, wie ich mitten in der Nacht im Waschsalon saß und der Bettwäsche und den Handtüchern beim Trocknen zusah. Ich könnte mich kaputtlachen. Diese bescheuerte Undercover-Mission, Marie rumkriegen, ist filmreif ausgeufert. Und jetzt ist sie neben mir in meinem Bett, hat eine Schnittwunde an der Hand und so etwas wie einen Schock oder keine Ahnung, was mit ihr los ist. Aber eines ist klar: Ab sofort werde ich das Schicksal nicht mal mehr um einen

Millimeter verbiegen. Ich schwör's! Was für eine Aktion. Aber sie ist da, sie ist bei mir, ihr Parfum ist wunderbar.

Mann, ist das warm, ach du Scheiße, ich bin nicht alleine, oh Gott, Marie!? Es wird hell, verdammt, Marie ist hier, ich bekomme Herzklopfen. Ich halte still und lausche. Sie atmet ruhig und gleichmäßig, schläft wohl. Ich fasse es nicht, Marie ist hier! Erinnerungen kommen zurück. Der letzte Abend war eine Katastrophe, aber jetzt ist sie hier. Ich muss unbedingt locker bleiben, kein Stress, ganz cool. Sie bewegt sich, räuspert sich. Der Atem wird anders, sie streckt sich, hält inne, dreht sich dann schlagartig um. Wir sehen uns an. Sie lacht los.

"Hallo Frank!"

"Moin Marie! Na, auch schon munter?"

"Geht so."

"Soll ich Brötchen holen?" Frage ich nicht ganz ernst gemeint und im Rückblick auf die morgendlichen Begegnungen in der Firma.

"Kannst mein Fahrrad nehmen!"

Ihr Lachen ist herrlich, sie wirft mir ihre Decke über den Kopf. Einen Augenblick später sitzt sie auf der Bettkante.

"Hast du eine Ersatzzahnbürste?"

Etwas mitgenommen krieche ich aus den Federn, gähne. Marie zieht die Vorhänge zur Seite, es wird schmerzhaft hell. Der Schalter vom Badezimmer klickt einen Moment später. Marie startet anscheinend durch, ohne vorzuglühen. Ich trotte hinterher, sie sitzt auf dem Klo und es rauscht.

"Komm ruhig rein, ist nichts Gefährliches. Wie war das mit der Zahnbürste?"

Während ich den Schuhkarton mit Seife, Duschgel und Deodorant-Vorräten nach einer Zahnbürste durchsuche, spült es hinter mir. Natürlich habe ich vergangene Woche Zahnbürsten gekauft. Eine weiche und eine härtere und außerdem solche Super-Soft-Lotion für die anspruchsvolle Haut nach dem Duschen. Und einen grobzahnigen Kamm für ihre Mähne und ganz zufällig auch Haargummis. Das Toilettenpapier ist natürlich auch Super-Soft mit Blütenduft.

"Weich oder ganz weich? Wie hättest du's denn gerne?"

"Anfangs am liebsten ganz weich." Das sagt sie schmunzelnd und kontrolliert im Spiegel meine Gesichtsentgleisungen. Obwohl weich und schonend, beziehungsweise mittelweich draufsteht prüfe ich noch mal, und packe die ganz weiche Bürste aus. Marie kämmt mit den Fingern ihre Haare zurecht, schaut mich immer wieder im Spiegel an.

"Gehst du so mit mir? Und darf ich dein Deo benutzen?"

"Hier ist noch anderes." Sage ich schnell und dabei krame ich bereits das Deo-Extra-Sensitiv heraus und den Kamm.

"Was du alles hast?" Jetzt habe ich sie anscheinend beeindruckt. Den Kamm nimmt sie mir ab.

"Ich möchte gerne deines nehmen, das riecht so schön, also nach dir, meine ich."

Tja Frank, Mann von Welt und so, benutzt natürlich immer den besonderen Duft, und zwar immer denselben! Das Stückchen Macho-Kulturgut scheint sich jetzt auszuzahlen. Lagerfeld ist da Stichwort.

"Aber klar, freut mich!", sage ich selbstsicher.

Plötzlich zieht sie sich das Shirt über den Kopf, mein Herz macht Aussetzer. Ihr Grinsen ist so frech und überlegen. Die macht mich wahnsinnig, läuft wie eine Leuchtreklame über meine Stirn.

"Holst du mir bitte meine Sachen? Und hier reicht jetzt ein Pflaster, denke ich."

Dabei schaut sie mich so normal und beiläufig an. Sie drückt mir das T-Shirt in die Hand, legt den Kopf schräg und scheint darauf zu warten, dass ich endlich loslaufe. Ach so ja, ihre Sachen holen. Im Flur ist es dunkler und so, wie wenn man in ein Blitzlicht geschaut hat und den hellen Fleck noch eine Weile sieht, so flackert immer wieder ihre Silhouette auf. Himmel, ist das eine Frau! Das Shirt werfe ich auf ihr Kopfkissen, könnte ja schließlich sein, dass sie es noch mal gebrauchen kann, dann raffe ich ihre Sachen zusammen. Auf dem Nachtschrank lieg noch der Verbandskasten. Da ist auch Pflaster drin. Ich weiß schon wieder nicht, wo ich hinsehen soll, als ich ins Bad gehe. Marie desodoriert gerade ihre Achseln mit dem guten Lagerfeld-Macho-Deo.

"Siehst du meine Tasche da irgendwo?"

Hose und Pullover nimmt sie mir ab, legt beides auf die Waschmaschine und dabei achtet sie sehr genau darauf, dass sich die Umrisse ihres Körpers in meine Netzhaut einbrennen.

"Die Tasche, ja warte, hier im Flur, oder? Halt mal." Sie nimmt mir den Verbandskasten ab und ich stehe wieder da wie hypnotisiert. Klar, die Tasche ist im Flur. Also in den Flur gehen! Jetzt! Mit verblitzten Augen halte ich sie ihr einen Moment später hin. Sie greift rein und zieht genüsslich einen schwarzen BH heraus. Den hatte sie gestern, als sie kam, schnell da rein gestopft, natürlich, das war's. Marie streift sich dieses transparente, mit Blumengirlanden verzierte Stück Unterwäsche über, verschließt es am Rücken und bringt alles in Position. Prüfend schaut sie in den Spiegel und dreht sich hin und her. Sie greift zur Zahncreme, spült die neue, weich-schonende Zahnbürste gründlich aus. Während sie putzt, schaut sie an sich hinunter, schaut mich dann fragend an.

"Gefall' ich dir überhaupt?", nuschelt sie an der Zahnbürste vorbei.

"Oh Baby, du bist der Hammer!", plappert es aus mir raus, bevor ich nach passenden Worten suchen konnte, also völlig ungefiltert. Marie prustet los. Schaumkleckse landen im Bogen auf dem Spiegel, den ich ebenfalls vergangene Woche gründlich und streifenfrei gereinigt hatte. Wir kichern. Ich bin eher verlegen und sie voller Übermut. Ach so, könnte ich ja auch machen. Marie spült sich den Mund aus, ich putze jetzt meine Zähne. Ganz selbstverständlich nimmt sie ein frisch ausgekochtes und nachts im Waschsalon getrocknetes Handtuch auf dem Regal, trocknet sich ab und hängt es über den zweiten Arm des Edelstahl-Handtuchhalters, den ich natürlich auch vergangene Woche im Baumarkt besorgt hatte. Inzwischen ist Marie in die Jeans geschlüpft, zieht sich gerade den Pullover über und kontrolliert abschließend ihre Konturen. Aus dem Stoffbeutel, den ich auf dem Klodeckel abgelegt hatte, gräbt sie ein Fläschchen heraus.

"Gefällt dir der Duft, Frank?"

Sie sprüht sich zischend ein Wölkchen in den Ausschnitt.

"Also, dein Parfum ist auch der Hammer."

"Ach, du willst mir doch nur schmeicheln."

"Ich würde eher sagen, das ist jetzt so was wie spontaner Personenkult."

"Na denn." Sie geht an mir vorbei ins Wohnzimmer. "Wie spät ist es eigentlich?"

Der kleine Wecker, auf der Ablage unter dem Spiegel, zeigt 9.33 Uhr. Nette Zahlenkombination! Der Geheimcode stimmt, wir sind synchron mit dem Ereignisstrang des Universums.

"Halb zehn so was."

"Schon?!"

"Wie denkst du über Frühstück?", will ich wissen.

"Was machst du denn am Wochenende? Gehst du irgendwo hin?"

Im Hinblick auf die geplante Berichterstattung gegenüber der Verkupplungs-Beauftragten Rita versuche ich mal Folgendes:

"Ich mach' ab und zu einen Gang zum Museumshafen und hole mir belegte Brötchen an der Bude da unten. Kleines Flens dazu, dann ist der Tag zwar schon fast gelaufen, aber das gefällt mir dann eben, nach dem ganzen Stress in der Woche."

Marie schaut aus dem Fenster, Hände in den Hosentaschen und prüft die Wetterlage. Ich möchte sie so gerne umarmen. Und mit ihr schlafen, also, wir sind noch nicht wirklich weitergekommen. Oder doch? Mist! Was ist das überhaupt für ein Begriff, mit ihr zu schlafen?

"Gute Idee, ein bisschen frische Luft wäre jetzt prima. Hast du noch ein paar normale Socken für mich? Ich laufe dann lieber in Turnschuhen. Für Wanderungen ist es aber besser mit Socken."

"Kommt sofort, hab auch schon Rita und Kai öfter mal da unten getroffen."

Im Bad greife ich in die Socken-Schachtel, taste nach einer feineren Sorte. Sie sind schwarz, das funktioniert.

"Die hätten gestern mal kommen sollen, dann hättest du jedenfalls jemanden zum Unterhalten dabeigehabt."

Sie dreht sich plötzlich um, kommt mir die zwei Schritte entgegen und lehnt sich an.

"Tut mir leid. Ich hab's vermasselt. Du hast dich so lieb um mich gekümmert, das hat mir richtig gutgetan."

Behutsam versuche ich sie zu berühren, drücke mein Gesicht in ihre Haare. Die rasierte Stelle an der Seite ihres Kopfes fühlt sich an, wie mein Bart nach ein paar Tagen. Witzig!

"Sollen wir die mal anrufen, dann können wir uns vielleicht treffen?"

"Ich bin gleich fertig. Ja, mach mal, mal sehen, ob es mit der Halle was Neues gibt." Sie nimmt mir die Socken ab. Das sind ja die vom FC St. Pauli, mit dem Totenkopf. Wir grinsen uns an.

"Wusste gar nicht, dass du dich für Fußball interessierst."

"Nee, keine Angst, mach' ich nicht."

Auf dem Weg zum Telefon folgt mir Marie hinkend, bis auch der zweite Totenkopf ihre schlanken Fesseln ziert. Kurzwahl Nummer 11 sind Rita und Kai. Das Freizeichen kommt viermal, dann: "Moin, mein Großer, kannst du überhaupt noch den Hörer halten?"

"Ja, keine Angst, alles in Ordnung. Sag mal, habt ihr schon gefrühstückt, also ich meine, geht ihr zum Hafen heute?"

"Kai hat schon die Schuhe an, die Mädels sind auch gleich so weit. Entweder wir treffen uns unterwegs schon oder unten an der Bude."

"Schönen Gruß!", ruft Marie.

"Bis gleich, ihr beiden, ich bin gespannt!", sagt mein Telefonhörer.

"Ja, bis gleich, wir halten Ausschau nach euch."

Marie hatte gestern Abend ihre Turnschuhe zu meinen neben der Wohnungstür gestellt. Ohne die Schleife zu öffnen, schlüpft sie rein, nimmt ihre Lederjacke und strahlt mich an. "Erster!"

Ach so, ich stehe hier noch in Unterwäsche rum. Und die Blase meldet sich.

"Sekunde, ich hab's gleich."

Im Bad wische ich schließlich hastig mit dem alten Shirt unter den Armen durch, rutsche kurz mit dem Deo hinterher, während der Spülkasten neu gefüllt wird. In frischer Unterwäsche suche ich im Schlafzimmer meine Sachen zusammen. Tja, verknotete Präservative gibt es nicht als Beweismittel, Rita wird enttäuscht sein. So! Jacke, Schlüssel, Schuhe, ich schaue Marie fragend an. "Noch was vergessen?"

"Sieht gut aus, starten wir!" Sie steht schon im Treppenhaus. Ich vergewissere mich noch einmal, ob ich auch wirklich die richtigen Schlüssel in der Hand habe, und schließe ab. Marie hüpft die Treppen hinunter, hält mir die Haustür auf.

"Mein Fahrrad brauche ich nicht, oder? Wir kommen doch wieder hierher nachher?"

Ich bin begeistert, sage allerdings nüchtern. "Ja klar, Pizza die Zweite oder eine Tasse Kaffee, mal sehn."

"Genau, mal sehn!" Dabei schmunzelt sie dermaßen, muss wegschauen und ich bin wieder überfordert.

Wir nehmen Kurs auf die Hauptstraße. Die erreichen wir auch nach einigen Minuten, schweigend. Ab und zu schauen wir uns an, Marie lächelt oder schenkt mir einen Blick aus den Augenwinkeln. Vor lauter Angst, ein Gespräch anzuzetteln, das dann völlig sinnlos verläuft oder noch schlimmer, das zu irgendwelchen emotionalen

Schieflagen führt, halte ich konsequent die Klappe. Inzwischen geht es bergrunter, an den schönen alten Häusern vorbei. Prächtige, hohe Altbauten mit großzügigen Räumen und Parkett-Fußböden. Unten sind Geschäfte drin. In einem dazwischen gedrängten Neubau ist sogar ein Discounter untergebracht. Marie und ich gehen ohne Hast, aber immer noch wortlos über das alte Backsteinpflaster. Dann verzögert sie, bleibt stehen, schaut mich an. Als ich mich zu ihr umdrehe, presst sie die Lippen zusammen, ihre Augen verraten, dass es etwas zu beichten gibt.

"Du Frank, also für den Fall, dass du mich wirklich magst, muss ich dich noch auf Risiken und Nebenwirkungen hinweisen."

"Eines ist klar", sage ich erleichtert, mit einer vagen Ahnung dessen, was jetzt kommt. "Ich mag dich wirklich! Und so schlimm wird es mit dir schon nicht sein."

Ihr Kopf ist gesenkt, wir nähern uns.

"Na ja, weißt du, als das mit der Schule endgültig schiefging, du weißt schon: Ich hatte den Lehrer mit seinem Schreiber verletzt. Also, das gab dann mächtig Ärger und ich bin ständig ausgeflippt. Jedenfalls landete ich in so einem Psycho-Internat, und einmal beim Sport war ich blöd vom Barren geflogen und hatte mich an einer Schraube aufgeschrammt. Es hat stark geblutet, alle bekamen die Krise, nur ich nicht. Ich sah mir an, wie warmes Blut an meinem Arm entlanglief und war eher erschrocken darüber, wie gut mir das tat. Der ganze Stress war plötzlich wie weggeweht, ich war von einem Moment zu anderen richtig glücklich. Und eine andere Schülerin setzte sich zu mir und sagte. *Das ist schön, oder?* Ich habe sie entsetzt angeschaut, aber sie hatte recht. Erst später fiel mir wieder ein, dass sie oft die Arme verbunden hatte und immer langärmelige T-Shirts beim Sport trug. Kurz, sie hat sich geritzt. Dann hatte ich die verschorfte Wunde aufgekratzt, um festzustellen, dass es mir wirklich angenehm ist, mein Blut zu spüren, etwas ganz und gar Elementares von mir, das Leben in mir. Nachdem ich das dann mal versehentlich gesagt hatte, bekam ich Medikamente und eine Woche lang Einzelgespräche, fühlte mich als Versuchskaninchen."

Wir machen wieder ein paar Schritte, sie hakt sich ein, drückt meinen Arm.

"Ich habe gestern in Panik eine Tablette Truxal genommen. Eigentlich weiß ich gar nicht, warum. Das hatte man mir mitgegeben für komplizierte Stimmungslagen, wobei ich mit dem Zeug im Kopf nur noch dämlich grinsend im Bett liegen kann. Na ja, und zusammen mit dem Rotwein hat's mich ausgemacht. Aber! Ich ritze mich nicht! Ich bin auch nicht so krass drauf wie die Leute in dieser komischen Pseudo-Klapse. Das war in der Zeit damals mein Versuch auszubrechen, der mich schließlich dort hingebracht hat. Allerdings kann ich ziemlich impulsiv sein. Manchmal reicht es schon, wenn ich etwas falsch verstehe oder ich überhaupt nicht gemeint bin, dass ich dann den Rest des Tages heule. Du wirst also gute Nerven brauchen."

Wir gehen langsamer als vorher, mit gesenkten Köpfen. Komischerweise bin ich nicht besonders erschrocken oder es ist mir egal, ich will mit ihr zu tun haben! Und zwar mit allem, was sie ausmacht. Rechts öffnet sich ein großzügiger Hof mit einem Brunnen in der Mitte. Am anderen Ende gelangt man zu einer Parallelstraße. Der Hof ist auch eine Abkürzung. Es ist schön hier, zwischen den Backsteinfassaden, den alten Sprossenfenstern ist man sofort in eine andere Zeit versetzt. Ob die besser war, weiß ich nicht. Marie zieht mich am Arm, ein Stück in den Eingangsbogen hinein und schaut eher ernst.

"Kannst du mich bitte mal fragen, ob du mich küssen darfst? Die Antwort lautet übrigens. Ja, endlich!"

Ihre Hände streicheln mein Gesicht, mein Herz stolpert, ich suche ihre Lippen. Sie sind so weich und feucht. Mit geschlossenen Augen ertrinke ich in dieser Berührung. Marie kommt völlig außer Atem. Unsere Zungenspitzen berühren sich sanft, es ist wunderbar, sie geraten dann in einen wilden Kampf, ihr Knie rutscht an meinem Bein entlang. Mit einem knallenden Schmatzer trennt sie sich, drückt sich dann an mich. Meine Güte, was für eine Frau! Total überwältigt streichele ich über ihren Kopf, komme dabei an den kurz geschorenen Stellen vorbei. Sie knufft mich in die Seite, schaut mich an und jetzt ist da wieder diese unbändige Energie. Sie lacht, zieht mich auf den Bürgersteig zurück.

"Das musste mal gesagt werden!"

Sie gibt mir einen Schubs mit der Hüfte. Ich habe Ausnahmezustand. Es ist immer noch die gleiche Welt, durch die wir spazieren, ich kenne die Häuser seit Jahren. Auch in meiner Zeit im Süden der Republik war ich regelmäßig hier und habe mich hier in diesen Straßen wohlgefühlt. Aber mir ist im Moment, als hätte ich all das noch nie wirklich bewusst gesehen. Wie eine gespiegelte Welt, in die ich plötzlich hineingewechselt bin. Wir gehen weiter. Es ist, als würden wir mit jedem unserer Schritte Geschichte schreiben.

"Hey!" ruft es hinter uns. Der Stimme nach ist es Kai. Wir bleiben stehen. Marie klemmt meinen Arm ein, offensichtlich, damit ich nicht auf die Idee komme, Abstand zu nehmen. Tatsächlich trabt Kai uns entgegen und weiter hinten kommt Rita aus dem Hof heraus, mit dem Kinderwagen. Sie lacht sich kaputt, winkt und beherrscht sich wieder.

"Huhuu" ruft sie, wie in einem alten, deutschen Schwarz-Weiß-Film. Kai stellt sich vor uns hin und ist sich wohl nicht sicher, was er mit uns anfangen soll.

"Na, wie geht's euch?" Er schaut nach oben. "Wäre ein prima Segeltag heute."

"Für Segler." Marie lacht los.

"Stimmt, aber geht auch gut für'n Fischbrötchen am Hafen."

"Das fehlt mir noch!" Marie winkt ab. "Was sagt denn der Fisch dazu?"

"Inzwischen nichts mehr." Rita kommt zu Hilfe.

"Gut seht ihr aus!" Sie nimmt Marie zur Seite und trabt ein paar Schritte los, schiebt Kai schnell den Kinderwagen hin. Wir sehen uns an und folgen den Damen in sicherem Abstand. Die kichern und tuscheln, Marie dreht sich kurz um und zwinkert.

"Na Alter, alles klar?" Kai schaut mich erwartungsvoll an.

"Die einen sagen so, die anderen sagen so. Oder frag nächste Woche noch einmal. Aber ist alles in Butter so weit, Marie ist der Hammer, aber wir arbeiten noch dran."

Die kleine Lara schaut uns an, wie aus einer anderen Welt. In so einem Kinderwagen ist die Welt noch in Ordnung. Man riecht schon das Wasser. Das riesige Holzgestell zum Masten setzen kommt in Sicht. Hinter dem Schuppen der Museums-Werft ist die legendäre Bude. Kai und ich trotten den beiden Mädels hinterher, die sich offenbar viel zu erzählen haben.

"Ich habe einen neuen Router in der Halle. Wäre eine Gelegenheit, Maries Rechner da dranzuklemmen. Oder wird das auch so noch was mit euch?"

"Sieht fast gut aus. Sie ist ein ziemlich verrücktes Huhn und ich vielleicht etwas zu viel Spießer, aber ja, ich erzähl's dir später, glaube ich. Ist gerade die entscheidende Phase."

"Immerhin, oder?" Es sieht so aus, als sei Kai schon in Ritas Pläne vollständig eingeweiht und fiebert ebenfalls mit. Die Frauen tuscheln. Also Maries Kuss gerade hat mir den Boden unter den Füßen weggerissen. Ich bin in einem Modus, den ich bisher nicht kannte, zumindest nicht so. Verliebtsein ist ein Ausnahmezustand, in dem ich mich vermutlich schon länger befinde. Das war auch irgendwie kontrollierbar. Der Analytiker in mir sucht jetzt allerdings nach bekannten Mustern und findet nichts. Könnte gut sein, dass ich schon die ganze Zeit mit offenem Mund herumlaufe? Maries Stimmungswechsel haben etwas von einer nuklearen Kettenreaktion, ein paar Nanosekunden lang könnte man das Geschehen noch sehr interessant und außergewöhnlich finden, aber nur einen Wimpernschlag später fliegt einem die Welt um die Ohren und verwandelt alles im Zentrum Befindliche in Plasma.

Die Ampel an der Hauptstraße ist rot, wir holen unsere Damen ein. Eine Gruppe ausgelassener Leute steht vor uns. Zigarettenrauch erfüllt die Luft, eine Frau schaut mit prüfendem Blick zu uns rüber, mustert Kai mit dem Kinderwagen, dann mich und grinst. Da dreht sich Marie zu mir um, drückt mich an sich: "Meiner!" Und die Frau: "Na denn viel Spaß." Und geht los. Es wurde inzwischen grün. Wir suchen nach einer gemeinsamen Schrittlänge, gehen an Rita vorbei über die Straße. Da rechts ist auch irgendwo Kais Segelboot, aber wir biegen nach links ab, zur Fischbrötchen-Bude. Ihr Parfum saugt mich wieder in die Nähe dieser Kettenreaktion. Mein System verschickt Meldungen von endokrinen Überlastangstzuständen, mir spannt die Hose, ich gerate außer Atem.

"Na, mein Frank, wie geht's denn so?", fragt sie ohne Betonung. "Ich glaub', ich hab' dich ein bisschen lieb. Ist das in Ordnung, was meinst du?"

Ich bin sprachlos und völlig überfordert.

"Emm, also ich bin sowas von verknallt in dich, also ..."

"Das klingt gut, Frank. Sag mal, isst du da gleich ein Fischbrötchen? Ich bestimmt nicht."

Danke für die Ablenkung! "Nee, habe ich schon mal, ist auch lecker, aber nee, lieber was anderes."

"Und'n Bier und'n Kurzen?" Sie grinst mich vielsagend an.

Auf einem Schild steht: *Fangfrischer Fisch*. Mir ist, als würde ich an einem Haken zappeln. Kai hat schon die Ausgabeluke erreicht.

"Ein so'n Körnergerät mit 'ner Frikadelle bitte."

"Ich auch!", ruft Rita hinter mir und Kai ergänzt: "Hast gehört, nä? Und zwei Bier."

Die Auswahl ist verhältnismäßig groß, aber wirklich eher von der rustikalen Sorte: Mett-Brötchen, andere mit Heringen, geräuchert oder sauer eingelegt. Schillerlocken und Aalstücken auch ohne Brötchen, Schnitzel und Butterbrezel. Ja, Butterbrezel, das wäre ein Anfang. Kai bezahlt, reicht das eine Brötchen mit einer riesigen Fischfrikadelle an Rita weiter und nimmt die Bierflaschen.

"Du hattest doch schon mal so Käsebrötchen, oder nicht?"

Plötzlich fühle ich mich wie ein feiner Pinkel.

"Jo, häb wie! Hier 'ne Blond-Semmel mit Gouda oder'n Körnerteil mit Frischkäse, kuck ma'."

Stimmt, an der Seite sind die tierfreundlichen Sachen. Marie scheint abzuwarten, ob ich aus Verlegenheit doch den Aal nehme, der mich schon etwas nervös macht. Jedenfalls schaut sie mich aus den Augenwinkeln an.

"Also für mich dann ein Gouda-Teil und 'ne Butterbrezel. Und du, Marie?"

Über Bierchen dachte ich ja schon nach, aber ich bin unsicher, versuche Marie die Entscheidung zu überlassen.

"Ich nehme die Körner-Semmel mit Frischkäse. Was trinken wir denn? Bier, oder?"

Glück gehabt! "Zwei Bier noch."

Aus dem Geldbeutel ziehe ich einen Fünfer und einen Zehner heraus. Ich bin zitterig! Der Fischbuden-Mensch legt uns die Brötchen und die Brezel in Servietten gewickelt hin. Ich lege die Scheine daneben.

"Der Rest is' für die Seenotkasse oder wie siehst du das?"

"Ja, passt schon, steck ein." Ich bin im Moment ganz woanders, meinetwegen kann der auch noch einen Schein haben. Die Hauptsache wäre, dass ich aus diesem Volldeppen-Modus herauskomme. Meine Unbeholfenheit ist grenzenlos.

Dann stehen wir im Kreis, in der Mitte der Kinderwagen. Kai hat schon abgebissen. Es riecht nach Fischbratküche.

"So, denn mal prost! Auf, weiß gar nich', auf uns erst mal?" Rita bekommt vor lauter Erwartungen schon keine vollständigen Sätze mehr zusammen.

"Genau, wie immer, auf uns!", versuche ich ganz locker und entspannt.

"Auf die Liebe, ihr Lieben!", sagt Marie leise. Sie schmunzelt mit zusammengekniffenen Lippen, als wollte sie dem aufbrandenden Applaus nicht zuvorkommen. Inzwischen haben fast alle Flaschen das berühmte Plöpp-Geräusch gemacht, nur meine nicht. *Pfff*, das war alles. Rita trinkt, muss aber lachen. Marie dann auch. Die Männerwelt steht hilflos vis-à-vis und trinkt in Stille. Man schaut sich kauend um! Alle wollen es unbedingt wissen, aber keiner wagt, ein

Gespräch anzufangen. Marie trinkt Bier, beißt von ihrem Brötchen ab und plötzlich schaut sie mich entschlossen an: "Wir sind jetzt zusammen, Frank und Marie! Habt ihr das gehört?"

Dabei falle ich in einen Abgrund aus Erleichterung und einer ungewissen Zukunft, die sich in diesem Moment vor meinen Augen zu einem neuen, unüberschaubar großen Universum formt.

"Hast du das schon gewusst, Frank?" Rita lacht und schuckt Kai an.

"Mit mir kannst du erst nächste Woche wieder rechnen, ich habe sie gerade geküsst. Jetzt ist nur noch Karneval im Kopf."

Marie lehnt sich an, hat kurz einen erwartungsvollen Blick für mich, "Also, wenn er das nicht gemerkt hat, also bitte! Mein Frank ist doch clever!"

Rita stupst Kai noch mal an. "Jetzt können wir endlich wieder eine anständige Fete planen!"

Kai grinst nur vielsagend, isst die Fischfrikadelle mit Semmelbeilage und schaut neugierig in die Runde. Selbst ich werde lockerer. Allerdings schleicht sich so ein Gefühl ein, als hätte ich morgen einen Zahnarzttermin. Der Herr im Himmel möge mir beistehen, wenn ich mit dieser Frau im Bett bin. Ich bekomme Panik. Das überlebe ich nicht, flackert immer wieder auf. Ich bin verloren, es ist aus, es wird kein Platz mehr sein für andere Gedanken.

"Frank?" Marie wundert sich vermutlich über meinen entgleisten Gesichtsausdruck.

"Marie, ich liebe dich." Das sage ich so und erlebe meine eigenen Worte wie ein Radiozuhörer. In dem Moment sind ihre Arme plötzlich überall, sie wühlt ihr Gesicht an meines, ein schneller Kuss.

"Du sagst ja manchmal Sachen, sorry, das hat mich kurz geflasht. Ich dich aber auch!" Sie schaut mich mit Tränen in den Augen an, lacht allerdings dabei, kontrolliert wo ihr Frühstück abgeblieben ist und schiebt mich freundschaftlich zur Seite. "Du bist vielleicht ein Typ!"

Kai hat wohl genug von diesen theatralischen Szenen. "Rita, willst du noch was? Ich hab's dann."

"Nee, noch ein Pfund von diesem Zeug schaffe ich nicht. Wir gehen jetzt gemütlich zur Sonwik rüber, trinken vielleicht noch einen Kaffee, oder, Kai?"

"Gute Idee! Und? Kommt ihr mit?"

Rita prustet los, "Nee, lass die mal alleine jetzt oder was ist los mit euch?"

"Oh nee, auch noch spazieren gehen, nee, oder?" Marie blinzelt mich an, anfangs ernst, dann grinst sie. Und ich will mit ihr alleine sein, sofort!

"Stimmt, zu viel frische Luft, das ist nix."

"Na dann bis neulich. Wir telefonieren uns zusammen. Ich freu' mich wie verrückt! Los Kai, Abfahrt."

Die kleine Lara schaut uns aus ihrem gemütlichen Bettchen heraus an, als würde sie uns alle vollkommen verstehen.

"Ja, macht's mal gut, wir sehen uns." Kai geht los, ist unruhig als ob er sich beeilen müsste, wirft eilig die Servietten in die Mülltonne und stellt die leeren Flaschen hin. "Bis nächste Woche, hau rein, Klaus."

Rita dreht den Kinderwagen herum, schaut Marie ernst an: "Bescheid!"

Und Marie: "Aber hallo!"

Ich winke, Kai schmunzelt. Schon sind sie ein paar Schritte weiter weg. Marie lehnt sich an, wir schauen den dreien hinterher. Rita wackelt kurz mit dem Hintern, vollführt mit hochgestreckter Faust eine Siegergeste, "Jui", mit Siegesschrei.

"Denen haben wir eine Freude gemacht." Maries Blick ist zufrieden.

"Leer?" Fragt sie dann und hält die Flasche hoch. Ich nehme einen letzten Schluck, Marie stellt beide zurück.

"So, wir müssen weiter. Bis später." Und Klaus grinst auch vielsagend, "Na denn, seh to!"

Dann bugsiert sie mich in die andere Richtung, zur Ampel zurück. Auf einem der Festmacher sitzt eine Möwe und beobachtet uns. *Diese Menschen*, scheint sie zu denken, wendet sich ab und fliegt los, raus auf die offene Förde. Das muss ein tolles Gefühl sein. Wir schlendern gemütlich Arm in Arm auf dem Kopfsteinpflaster entlang. Es ist unendlich schön. Mir ist danach, Schlagerschnulzen anzustimmen. *Wenn bei Capri die rote Sonne im Meer versinkt …* du meine Güte, es ist gerade, als hätte ich die tiefere Bedeutung erst jetzt verstanden und es ist wunderbar anstatt wie früher unerträglich.

"Hältst du das aus, wenn man mal nicht so viel redet?", fragt Marie. Und immer wenn sie mich anspricht, gerate ich in diese Schrecksekunde.

"Eigentlich mag ich die Stille. Im Moment meine ich allerdings, dass ich dich unterhalten muss, damit es dir nicht langweilig mit mir wird. Und damit du mich toll findest. Verstehst du, dieser Macho-Reflex, wirklich blöde."

Es dauert noch ein paar Schritte, dann sagt sie: "Du bist so ungefiltert mit mir, das mag ich! Und ich genieße es gerade mit uns beiden, ich könnte die ganze Welt umarmen."

Die Ampel ist wieder rot, als wir endlich da sind. Noch nie sah ich so ein schönes Ampel-Männchen, also ja, wie schon gesagt. Es ist die gleiche Stadt, es sind die gleichen Häuser und Ampeln, nur viel schöner als vorher. Diesen Zustand möchte ich nie wieder verlieren! Grün. Wir brauchen lange und es mahnt schon wieder ein rotes Männchen, als wir drüben ankommen. Mir fallen Maries Fahrrad-Stunts ein, die sie morgens vor unserem Geschäft vollführt. Da ist sie sehr entschlossen und schnell unterwegs. Jetzt gehen wir zusammen auf diesem alten Pflaster so achtsam und vorsichtig wie auf einer Wiese, um keiner Ameise zu nah zu kommen oder auf Blümchen zu treten. Was für eine Frau! Sie verfügt über ein ungeheures Spektrum. Mit ihr zusammen kann ich alles durchstehen, ich bin gerettet. Wäre da nicht die Ungewissheit mit dem Sex. Sie ist mir haushoch überlegen. Zum ersten Mal in meinem Leben beschleicht mich eine Vorstellung davon, wie es möglich ist, einer Frau hörig zu werden.

"Ich möchte gerne im Burg-Café noch ein Croissant essen und ein bisschen mit dir da auf den alten Plüschpolstern sitzen. Was meinst du?"

"Ja, gute Idee."

Dann kann ich sie noch etwas studieren. Mist, nein, das ist Quatsch. Ich werde es erst wissen, wenn ich mit ihr in den Federn war. Alles andere ist Blödsinn. Vermutlich lässt sich das Mysterium Marie ohnehin nicht abschließend ergründen. Nein, ganz sicher nicht, die wird immer einen unverhofften Trumpf im Ärmel haben. Das ist sicher.

Das Café kannten schon meine Großeltern. Ein guter Ort, um sich mit einer neuen Liebe in aller Verlegenheit zu unterhalten.

Wir treten ein. Es riecht nach hundert Jahren Puder und Vanille und nach Kaffee natürlich. Große Spiegel im mächtigen Rahmen, Messinghandläufe an der Treppe, der Parkettboden ist ausgetreten,

Vitrinen mit Pralinen und Gebäck, daneben Torten, an der Seite eine uralte Kasse, im Jugendstil verschnörkelt. Lächelnde junge Damen, eine stark geschminkte, füllige Frau mit dem alles sehenden Blick und der Freundlichkeit vergangener Tage. Marie geht vor, die breite, knarrende Treppe hinauf. Der schwere, dunkelrote Teppich auf den Stufen wird von Messingrohren in Position gehalten. Oben wieder Parkett mit Ornamenten. Wir setzen uns in einen Erker mit ebenfalls rot gepolsterten Bänken. Von hier schaut man auf den Burgplatz mit einer riesigen, alten Buche, die ich aus Kindertagen kenne. Marie schaut jetzt erwartungsvoll in die Runde, lächelt. Zum ersten Mal kann ich ihr wirklich entspannt und offen in die Augen schauen. Das tut gut. In diesem Moment ist alles in Ordnung. Ich bin in ihrer Gegenwart ganz bei mir, ohne dass mein Gehirn Vorhänge aus Unsicherheit und Versagen zu undurchdringlichen Gespinsten zusammenwebt.

"Hallo, Frank, ich bin im siebenten Himmel. Es ist wunderbar mit uns, mir geht gerade wirklich das Herz auf. So als hätten wir alle Lasten abgelegt und können endlich losfliegen, wie die Möwe gerade eben."

Sie streckt ihre Hände aus, die ich sofort ergreife und spontan fest drücke, Worte finde ich nicht, aber ich streichele sie dann vorsichtig, um die Attacke wiedergutzumachen.

"Keine Angst, ich bin Handwerkerin. Und manchmal so zerbrechlich wie eine Libelle, aber das sage ich dir dann rechtzeitig. Ach Mann, ich bin so glücklich. Jetzt schon!?"

Dabei werden ihre Augen schmaler, sie schaut mich schräg an.

"Marie", muss ich jetzt anfangen, "eigentlich weiß ich gar nichts zu sagen, aber das ist auch doof, also ich bin so fasziniert von dir und du bewegst mich wie kein anderer Mensch in meinem Leben. Mist, ich sollte die Klappe halten."

Marie schmunzelt, drückt jetzt meine Hände. "Ist dir bewusst, was du da vorhin gesagt hast?"

Jetzt wird sie allerdings wieder ernst und fordernd.

"Es ist einfach so, seit ich dich kenne, denke ich andauernd an dich und wünsche mir, weiß gar nicht, deine Zuneigung, deine Nähe."

Mir wird zum Heulen vor lauter Bedeutsamkeit und lange gepflegtem Selbstmitleid, das diese Zeit mit sich brachte.

"Hey, nicht traurig werden, wir haben's jetzt. Ich bin wild entschlossen, mit dir Zeit zu verbringen oder ein Stück des Weges zu gehen, mein Leben mit dir zu teilen."

Und wieder schießen alle meine Bedenken quer. "Ich habe Angst, du könntest herausfinden, dass ich eine Niete bin. Echt jetzt, ich bin dir nicht gewachsen."

"Meinst du im Bett? Oder was?" Sie traut sich nicht, loszulachen. "Du wirst überrascht sein, wie sehr ich genießen kann. Und dann geht auch mal die Post ab, das schwör' ich dir, und weißt du was? Das ist genau das, was du brauchst, mein Lieber! Und ich auch!"

"Darf ich Ihnen die Karte reichen oder wissen Sie schon, was ich Ihnen bringen darf?"

Marie kichert, lacht die junge Dame an: "Für mich einen großen Kaffee und ein Croissant, bitte."

"Wir hätten entweder Milchkaffee in einer großen Tasse oder ein Kännchen Kaffee."

"Dann nehme ich ein Kännchen, bitte."

"Das nehme ich auch", sage ich schnell, ohne wirklich nachzudenken.

"Sehr gerne, danke schön."

Wir hatten uns nicht losgelassen, unsere Hände lernen sich kennen. Ihre sind samtweich, aber sie haben Kraft. Meine sind unbeholfen, schwache Bürohände, die noch nie etwas erschaffen haben. Wieder bin ich unterlegen.

"Hey, Frank, alles in Ordnung? Komm schon, mach dir keine Sorgen, du hast jetzt eine Freundin! Und das bin ich! Und das ist auch nur eine, sagen wir mal, eine Erweiterung unseres gestrigen Lebens. Wir gehören zusammen in dieser Zeit, verstehst du? Wären wir uns in Australien oder am Nordpol begegnet, egal, wir würden jetzt Händchen halten. Du meditierst doch, so ist das im Universum, weißt du das nicht?"

"Marie, du bist klasse, womit habe ich das überhaupt verdient?"

Ich heule gleich los vor lauter Glück oder in der Erkenntnis, dass diese Sekunden mein Leben verändern, vielleicht sogar die ganze Welt. Mir ist, als würde ich einer bahnbrechenden Entdeckung beiwohnen; ich sehe sie an, in mir verschmelzen Universen, Galaxien verabschieden sich zu ausgedehnten Ausflügen in unbekanntes Terrain. Auf einem Weg in neue Existenzen.

"Ich fühle mich, als wäre ich wieder ganz am Anfang, in diesem Moment, und unsere Geschichte lässt sich gar nicht von dieser Welt trennen. Ich glaube, ich schnappe über!"

Ich muss mich schütteln, Marie ist im Gegensatz zu mir ziemlich amüsiert, kann es locker nehmen. Vermutlich hat sie mehr Erfahrungen mit Segeltouren um die Kaphörner dieser Welt. Ich bin im freien Fall, schwarzen Löchern entgegen, um dahinter mit Lichtgeschwindigkeit in ausgedehnte Wiesen mit Kornblumen und Huflattich und Schmetterlingen einzutauchen. Mein kleines Leben erfährt eine ungeheure Beschleunigung.

"Komm, wir probieren es mal miteinander. Das wird gut!"

"Ja unbedingt!"

Egal, wie sehr ich diesem Moment entgegenfiebert habe, jetzt ist es anders.

"So, hier wären zwei Kännchen Kaffee und Croissants."

Die junge Dame stellt uns alles hin, lächelt freundlich. Es duftet toll.

"Guten Appetit." Dann tippelt sie die Treppe wieder hinunter.

"Meine Rettung!" Etwas Weltliches, inmitten des absoluten Wahnsinns."

"So schlimm?", fragt Marie und schaut besorgt. "Entspanne dich, es wird schön mit uns, kannst mir vertrauen."

"Ich bin sicher, aber ich muss noch etwas durchatmen."

Achtsam tunkt sie ihr Croissant in den Kaffee, ich schenke noch ein, spüre ihren Blick, ihre Augen sind sensationell. Sie genießt und schmunzelt, versucht mich in Ruhe zu lassen, damit ich endlich wieder zu mir komme, aber sie schaut mich dann doch wieder an. Ich bin so verliebt in diese Frau! Jede kleinste Veränderung ihrer Augenbrauen oder ihrer Lippen möchte ich speichern, vervielfältigen, in Granit meißeln, für alle nachfolgenden Generationen und alle Außerirdischen, die jemals diesen Planeten besuchen werden. DAS IST MEINE WUNDERSCHÖNE FREUNDIN! Habt ihr gehört, ich meine, gesehen?! Das Croissant ist grandios, der Kaffee köstlich, ich bin im Sieben-Himmel und die Fahrt ist noch lange nicht zu Ende. Dieser Fahrstuhl beschleunigt ins Nirwana wie ein Spaceshuttle.

"Na? Schmeckt's denn auch?" Marie strahlt mich an.

"Wunderbar! Ich bin so verknallt in dich. Ich schätze, in so drei, vier Millionen Jahren bin ich wieder normal."

Marie lacht piepsend, hält die Hand vor den Mund. "Gut, mal sehen." Dann schaut sie aus dem Fenster und meint grinsend: "Schönes Wetter heute, oder?"

"Bomben-Wetter. Einfach absolute Spitze, das Wetter heute!"

Wir lachen, es ist klasse! Ich glaube, das wird der Hammer mit Marie, womit habe ich das verdient? Die Momente fliegen vorbei.

"Erster!"

Sie liegt in Führung. Ich stopfe den letzten Zipfel Croissant in den Mund, nehme einen Schluck und nuschele: "Ich bin auf dem guten zweiten Platz!"

"Und ich verschwinde kurz mal, nicht weglaufen!"

Marie zwinkert mir zu, rutscht vorbei und geht an einem Tisch mit zwei älteren Damen vorbei, folgt dem Muster auf dem Parkett bis zu dem Gang, der zu den Toiletten führt. Jetzt wäre die Gelegenheit zu bezahlen, aber die Kellnerin ist nicht zu sehen. Also schaue ich aus dem Fenster, beobachte die Leute, die Autos, wie sie an der Ampel anhalten. Fußgänger überqueren die Straße, dann geht es wieder für die Autos weiter.

Nach einer Weile kommt Marie von unten die Treppe herauf, direkt zu unserem Tisch anstatt bei den beiden Damen vorbei.

"Du bist eingeladen, mein Chef."

Ich habe gepennt, das habe ich jetzt verpasst.

"Vielen Dank, das ist aber nett. Und ich verschwinde auch noch mal für kleine Chefs."

Marie setzt sich ans Fenster. Die älteren Damen beachten mich nicht im Geringsten als ich vorbei gehe. Vielleicht schaut Marie ja auch woanders hin. Ich fühle mich trotzdem beobachtet und unbeholfen.

Den Gang entlang sind Fliesen gelegt, ebenfalls altehrwürdig. Bei den Herren kommt zunächst ein Vorraum mit Waschbecken, die in eine Marmorplatte eingelassen sind, und mit großen Spiegeln. Die Papierhandtuch-Automaten seitlich sind das einzige Moderne hier und wirklich ein Stilbruch. Neben silbernen Seifenspendern stehen silberne Jugendstil-Schälchen mit einzeln verpackten Erfrischungstüchern. Das ist vielleicht eine gute Idee. Ich nehme so ein Päckchen.

Schließlich kann es wieder losgehen! Die Seife im Vorraum riecht nach Mango und dieser Papiertuch-Automat klappert wie billiger China-Schund, schade. Mein Spiegelbild kommt mir irgendwie lächerlich vor, pubertär und selbstüberschätzend. Egal, Attacke! Ein Anflug von Selbstbewusstsein lässt mich kernig die alten Damen passieren; Marie lächelt wunderbar, eine Sekunde werden ihre Augen ganz groß und schon habe ich wieder weiche Knie.

"Los jetzt, oder?"

Fragend steht sie aber schon auf. Ich nicke nur, sie tänzelt mir entgegen und dann weiter zur Treppe. Unten schaut sie sich kurz Torten und Gebäck an.

"Wiedersehen! Ist schön bei Ihnen!", sagt sie dann.

Unterdessen habe ich auch die Chefin erreicht, winke mit einem Lächeln.

"Stimmt, vielen Dank!"

Die Chefin lächelt vornehm, wobei ich erwartet hätte, dass ihr Make-up zumindest knistert. Stattdessen höre ich: "Beehren Sie uns bald wieder!"

Nach wenigen Schritten stehen wir an der Ampel, ein Müllwagen und ein Taxi fahren vorbei. Dann geht es weiter, den Berg rauf, ab und zu treffen sich unsere Hände, trennen sich dann wieder und ich bin überrascht, wie vertraut wir uns sind. Es fühlt sich ganz normal an und trotzdem ist es aufregend. Andauernd frage ich mich, wie es jetzt weitergehen soll. Wir sagen nichts, gehen still nebeneinander, suchen gelegentlich den Blick des anderen. Sie lächelt so sanft. Mal wieder habe ich die Idee, dass sie vielleicht doch kein Ungetüm ist. So, noch dreihundert Meter die Straße hinauf, dann wird es ernst. Andererseits, ich bin ein Mann, sie eine Frau, was soll da denn schiefgehen? So was klappt schon seit Millionen von Jahren.

Da ist ihr Fahrrad.

"Falls du den Schlüssel nicht mehr findest, gehen wir zu mir. Aus der Nummer kommst du jetzt nicht mehr raus, mein Freund!"

"Vielleicht gibt es ja Überlebende."

"Ich tue dir nichts. Ich will schließlich noch länger etwas von dir haben. Hast du vielleicht ein Gläschen Sekt für uns. Oder wir meditieren zusammen, zünden eine Kerze an. Hast du Räucherstäbchen? Mir ist nach einer kleinen Zeremonie."

"Ist alles an Bord. Ich habe letzte Woche wirklich alles Erdenkliche besorgt. Und Räucherwerk ist ohnehin immer genug im Haus."

Marie öffnet die schwere Haustür, nachdem ich aufgeschlossen hatte, und lässt mich vorgehen. In der Wohnung taste ich erst mal nach dem Lichtschalter. Wir legen ab. Sagen aber keinen Ton. Unsere Blicke treffen sich. Marie geht ins Wohnzimmer und sucht Kissen zusammen. Unterdessen stelle ich Sektgläser raus. In der Küche ist die Schale für Knabbereien. Von gestern ist noch fast die ganze Tüte übrig.

"Mach doch im Schlafzimmer ein wenig die Heizung an."

Stimmt, vielleicht eine gute Idee! Den Vorhang ziehe ich auch schon mal zu. In der Schublade des Nachtschränkchens sind Präservative und eine Flasche Granatapfel-Öl. Und der Drehknopf an der Heizung steht jetzt im oberen Drittel. Das sollte für eine kuschelige Atmosphäre sorgen. Und unsere beiden Rosen hatten Durst. Schnell ergänze den Wasservorrat in der Küche und nehme sie mit ins Wohnzimmer.

Marie sitzt inzwischen im Schneidersitz auf dem Sofa und schaut mich liebevoll an.

"Ich brauche ein bisschen Besinnung. Lass uns bitte meditieren, mit Duft und einer Kerze. Ich muss erst mal runterkommen und ich brauche den Kontakt zu unserem Ursprung. Du weißt schon. Ohja, du hast unsere Blumen versorgt, das ist schön."

Da ich schließlich für alles vorgesorgt habe, brennt gleich darauf eine Kerze, an der ich ein Sandelholzstäbchen entzünde. Die Rosen drehe ich zum Sofa. Marie lächelt! Mit genügend Abstand setze ich mich zu ihr auf das Sofa und stopfe mir ein Kissen in den Rücken. Ein kurzer Blick, dann schließen wir die Augen.

Ohne die Eindrücke der äußeren Welt intensivieren sich die Gedanken. Die letzten Stunden rauschen wie kurze Filmsequenzen immer wieder vorbei. Ich probiere mal, wie es in jedem Yoga-Buch zu finden ist, bewusst auf die Atmung zu achten. Ihr Kuss fällt mir ein und der Atem wird schon wieder schneller. Nach einer Weile Kontemplation mit Kopfkino kommt Marie in Bewegung. Noch ein paar Atemzüge, dann entwirrt sie ihre Beine wieder. Wir schauen uns an, Marie rückt zu mir her und lehnt sich an. Ihre Nähe tut mir gut. Zum ersten Mal sind wir ganz vertraut beieinander.

"Jetzt ist es schön!", flüstert sie leise und nimmt meine Hand.

Statt etwas zu sagen, streichle ich ihre. Das ist viel ehrlicher. Worte habe ich gerade ohnehin nicht.

Keine Ahnung, wie viel Zeit inzwischen vergangen ist. Sie holte sich meinen Arm um ihre Schulter, kommt noch dichter.

Marie streckt sich schließlich, setzt sich gerade an die Sofakante. Dann tippt auf das Glas und mahnt den Sekt an.

Zusammen mit dem Knabberkram hole ich den gekühlten Sekt. Marie ist im Vergleich zu ihrer sonstigen Aktivität jetzt sehr ruhig und gelassen. Wir haben anscheinend beide unsere Verlegenheiten abgelegt. Selbst meine Grundanspannung, die ich schon herumtrage, seit ich sie zum ersten Mal sah, ist verflogen. Alles ist leicht, selbst bei den Handgriffen mit der Sektflasche bin ich unverkrampft. Alles gelingt und wird ganz einfach. Marie verunsichert mich nicht mehr, sondern jetzt spüre ich ihre Positivität. Dieses Gerangel hat aufgehört, wir sind jetzt zusammen!

So fühlt sich das also an!

Dann schaut sie zu mir, eigentlich genauso sanft wie eben noch, aber ihr Blick bekommt etwas Klebriges, sie ist genau die Frau, auf die ich total abfahre! Und genau das weiß sie auch und signalisiert sie mir, es ist jetzt so weit.

Wir trinken wortlos den Sekt. Die Atmosphäre ist magisch. Ihr Parfum, der Räucherstäbchen-Duft, die Stille rundherum, wir sind in Resonanz. Dann bricht sie ein Stück Blätterteiggebäck durch und achtet darauf, dass ich den größeren Teil bekomme. Wir trinken die Gläser aus, dann nimmt sie meine Hand und steht auf, zeigt dabei auf die Flasche. Die gehört jetzt erst mal zurück in den Kühlschrank? Als ich in die Küche abbiegen will, zieht sie an meinem Arm. Okay, die Flasche kommt also mit. Im Schlafzimmer angekommen, stelle ich sie auf den Nachttisch und Marie fängt an, sich in aller Ruhe ihrer Kleider zu entledigen.

"Schön ankuscheln, okay? Ich möchte dich ohne irgendwas dazwischen fühlen. Und nichts überstürzen, bitte."

Eher prüfend streicht sie über mein Gesicht. Da kratzt es schon wieder.

"Magst du dich für mich ein bisschen rasieren? Und nimm noch ein Handtuch mit."

"Kein Problem", sage ich schnell und stürme ins Bad. Genauso schnell drehe ich den Pinsel in der Holzdose mit Rasierseife. Und jetzt nicht aus Versehen ins Fell schneiden! Diese modernen Hobel mit vier Klingen sind schon praktisch und ziemlich sicher. Ein paarmal finde ich noch eine kratzige Insel, dann sollte freie Bahn sein für Kuscheln mit Marie. Und das Handtuch nicht vergessen.

Sie sitzt auf dem Bett, kämmt durch ihre Haare. In dem fahlen Licht sieht sie umwerfend aus. Und sie ist auch rasiert! Mein Herz klopft wie verrückt. Wieder im alten Muster streife ich unbeholfen meine Sachen ab, lande auf dem Bett und gleich in ihren Armen. Sie fühlt sich weich an, aber wenn sie sich bewegt, spüre ich ihre Kraft. Es wird immer intensiver und trotzdem irgendwie ruhiger. Ihre Küsse sind sanft, genauso wie ihre Berührungen. Wir sind wie in ein weiches Medium getaucht, das alles bremst und bedeutend macht.

"Ich möchte dich dabei im Arm halten."

Marie hatte das Handtuch am Kopfende ausgebreitet und mich darauf in den Schneidersitz bugsiert.

"Aufpassen brauchen wir nicht. Ich war schon vor Monaten bei der Frauenärztin. Diese kleinen Pillen und so."

"Vor Monaten?"

"Ich wollte vorbereitet sein, für den Fall, dass du doch mal einen mutigen Moment erwischst."

Sie schaut mich frech an, kommt immer näher, bis wir in einer wirklich sehr innigen Umarmung angekommen sind.

Und Marie ist durchtrainiert, und zwar überall, was mich fast erschreckt.

"Tu' ich dir weh?", haucht sie mir atemlos ins Ohr.

"Du bist der Hammer!", kann ich nur erwidern.

Von einem fernen Martinshorn geweckt, suche ich die Uhr. 02.02 Uhr steht auf dem Display. Oh ja, ich bin zu zweit! Marie ist neben mir. Sie hat sich gerade halb auf den Rücken gedreht und die Bettdecke zur Seite geschoben. Es ist warm. So leise wie möglich suche ich nach einer bequemen Position, in der ich sie anschauen kann. Der Raum ist von der Straßenlaterne hinter dem Vorhang schwach erhellt. Alles sieht aus wie auf einem alten Ölbild, zeitlos, einfach voller Schönheit. Und Marie sieht wunderbar aus, sie ist ein Kunstwerk. Ich fange an, mich irgendwo zu bedanken, und bekomme feuchte Augen. Für diese Augenblicke mit ihr hat sich mein Leben schon gelohnt! Hoffentlich bleibt sie bei mir.

## Ein Jahr später

Es ist der Wahnsinn. Marie ist meine Frau geworden. Wir haben uns wirklich gesucht und gefunden. Und obwohl es Normalität wurde, dass wir abwechselnd unsere freie Zeit bei mir und auch bei ihr in der Halle verbringen, ist es immer spannend mit Marie. Anfangs gab es in der Halle noch viele Fenster zu reparieren, ein Scharnier des großen Hallentors war durchgerostet. Während ich mich mit meiner Staffelei an einem hellen Platz zum Malen eingerichtet habe, war Marie mit grober Metallbearbeitung beschäftigt. Ein witziger Rollentausch. Marie prügelte auf klobigen Eisenteilen herum oder arbeitete mit der Flex, dass die Funken durch die ganze Halle flogen. Dann wurde geduscht, Essen zubereitet und schließlich verschwanden wir zu einer kleinen meditativen Zeremonie auf ihrem Hochbett und kuschelten dann die halbe Nacht. Sie ist eine so spannende Frau: Bei Eisenteilen wirklich kompromisslos und dann wieder so sanft und liebevoll wie ein Engel aus einer Märchenwelt.

Das Geschäft hat sich inzwischen gut entwickelt. Es spricht sich herum, dass wir nette Leute sind, die leckeres Frühstück bringen. Im Bereich der Grauzone auf dem Parkplatz bekam auch schon mal ein Schüler abgezählte Zigaretten oder Präservative zugesteckt. Durch die Kontakte zur Künstlerwelt konnten wir schon Musiker und Bands vermitteln, die zu unserem kalten Buffet für Unterhaltung sorgten. Das Glanzstück haben wir vor einigen Wochen abgeliefert. Anlässlich eines Firmenjubiläums war geplant, mit allen Mitarbeitern einen Firmensong zu produzieren und zu verfilmen, der dann als Werbeclip Verbreitung finden sollte. Dank Marie und ihrer guten Kontakte zur Szene war schließlich ein Team aus Amateur- und Profimusikern sowie einer Theatergruppe mit ihrem Film-Equipment und diversen helfenden Händen angetreten. Es wurde getextet, geprobt, und schließlich konnte zur finalen Feier tatsächlich ein Video vorgeführt werden, zu dem alle Beteiligten sangen und tanzten und eine Band nach Leibeskräften unterstützte. Anschließend musste die Band ihre gesamte Set-Liste zweimal abarbeiten, bis das Jubiläum endlich ausreichend gefeiert war.

Unterdessen fällt mir allerdings immer öfter unser Hochzeitstag ein und ich möchte Marie unbedingt eine sensationelle Freude machen. Leider weiß ich nicht, wie! Außerdem fragte mich Horst schon ein paarmal, wann ich die komplette Firma mit Haus und Hof übernehmen möchte. Er will in seine freigewordene Eigentumswohnung ziehen und seine Ruhe haben. Als er mich vergangene Woche wieder darauf ansprach, wurde mir klar, dass es wirklich kein Scherz ist. Seitdem geht es in meinem Kopf drunter und drüber. Aber als Hochzeitsgeschenk taugt das auch nicht. Dafür muss es etwas Besonderes sein, das sich auch schnell überreichen lässt. Ein Geschenk, an dem man noch wochenlang Arbeit hat, ist ungeeignet. So etwas wie ein Wunder wäre nicht schlecht. Morgen habe ich einen Termin bei der Bank. Vielleicht brauche ich mir danach ohnehin keine Gedanken mehr zu machen.

## Umzug

Horst ist dann einige Wochen später mit seiner Frau in diese Eigentumswohnung gezogen und Marie und ich konnten in den privaten Teil der ehemaligen Metzgerei einziehen. Das sind immerhin über 300 Quadratmeter zum Wohnen, mit Keller und einem ausgebauten Dachboden. Unsere Hausbank hatte mich nach inzwischen ungefähr zwei Jahren mit einwandfreien Geschäftszahlen schon fast dazu gedrängt, Schulden zu machen. Horst hatte einen sehr fairen Preis gemacht.

Bis die Wohnung leer und leicht renoviert war und Horst alle Überbleibsel der letzten Jahrzehnte mitgenommen hatte, war mehr als ein Monat ins Land gegangen. Wir haben uns so gut es ging gegenseitig unterstützt. Nach dem Einsatz des kleinen Cargo-Caddys für Kleinkram transportierte schließlich ein Umzugsunternehmen mit entsprechend vielen Leuten und einem großen Lkw den Rest.

Zwei Zimmer haben wir eins zu eins mit allem aus Maries Provisorium, dem alten Materialager der Eisenbahnhalle eingerichtet. Das ist unser Heiligtum, unser Tempel. An Wochenenden sind wir gerne in ihrem Hochbett, das nur ein paar zusätzliche Lampen bekommen hat. Da lesen wir dann, meditieren zusammen, hören Musik und leben unsere Liebe.

Anlässlich des Hochzeitstages war ich schon seit Monaten ergebnislos auf der Suche gewesen. Heute habe ich einen Termin mit Gunther. Sönningsen Junior. Vielleicht hat der eine Idee für mich. In Gedanken, ob ich alle nötigen Unterlagen mit dabeihabe, erreiche ich den Parkplatz der Firma. Wir treffen uns heute, wie immer im Abstand von einigen Wochen, und besprechen kurz das Geschäftliche und anschließend ausgiebig vor allem Gunthers

Freizeitaktivitäten rund um sein schönes Segelboot. Meine Abenteuergeschichten sind eher schlicht. Der Caddy bekam eine neue TÜV-Plakette.

"Kannst du vielleicht einen VW-Camper gebrauchen? Einer meiner Mitarbeiter wurde zum dritten Mal Vater und will das gute Stück verkaufen."

"VW-Bus?", frage ich nur und mir kommt sofort der bunte Bus von Maries Eltern in den Sinn.

"Ja, der ist so halb alt, mit gut repariertem Unfallschaden. Allerdings eine ziemliche Rakete. Der Ausbau ist eher spartanisch, praktisch. Aber das Gerät hat 480 PS."

"Was? Das gibt es? Das ist ja der Hammer."

"Das Fahrwerk ist auch entsprechend sportlich. Der Marcel meinte, dass man die Motorsteuerung auch wieder auf Normalbetrieb umschalten kann. Dann bleiben immer noch rund 200 PS übrig."

"Der Bus hat ungefähr fünfmal so viel Leistung wie mein alter Caddy? Meine Güte. Aber der wird einiges kosten!"

"Ganz genau weiß ich es nicht, aber ich meine, der Marcel sprach von 14 000. Das Ding ist, dass keiner mit so einer Schrankwand Rennen fahren will. Der Bus ist einfach übermotorisiert. Wer schnell fahren will, kauft sich im Leben nicht so ein mobiles Seniorenheim auf Rädern, sondern eher eine schicke Rennflunder. Marcel bietet das Ding schon seit Monaten überall an und findet keinen Käufer. Außerdem war der Vorbesitzer bei einer Kurve geradeaus gefahren und hatte sich das Fahrwerk abrasiert. Marcel hatte damals eigentlich nur den Preis für den Sechszylinder-Porschemotor bezahlt. Mit ein paar Kumpels hat er eine Werkstatt etwas außerhalb. Da hat er das Auto abends ewig lange repariert."

"Oh verdammt, ich war doch gerade erst bei der Bank, um Holger das Haus abkaufen zu können. Der Mist ist, dass Marie ihre ganze Jugend in so einem Hippie-Bus verbracht hat und ich schon länger so einen Camper im Kopf habe, um ihr eine Freude zu machen."

"Dann geh doch einfach morgen noch mal zur Bank!"

"Ich rufe erst mal an. Oh Mist, ich glaube, das Ding ist schon entschieden. Irgendwo in meinem Gehirn hat es gerade einen Schalter umgelegt, Gunther."

"Na siehst du, immer in Bewegung bleiben! Erzählst du doch auch dauernd."

"Kann man das Teil mal anschauen?"

Gunther greift nach dem Telefon auf seinem Schreibtisch, tippt eine Kurzwahl.

"Marcel, hast du deine erdbebensichere Zweitwohnung heute dabei? Hier ist ein Interessent. – Bis gleich, wir kommen runter."

"Steht auf dem Parkplatz neben der Halle. Wir können sofort hingehen. Aber mehr als 12 Große würde ich nicht bezahlen. Ich habe ihm das Teil auch schon bei jeder Gelegenheit madig gemacht. Denke, der macht einen fairen Preis."

Mir ist schwindelig und ich trotte Gunther hinterher. Für das Haus habe ich schon einen ausgewachsenen Kredit aufgenommen.

Unten hält Gunther mir die Tür auf.

"Das stotterst du doch locker ab. Vielleicht geht der Bus als Geschäftswagen durch, für Highspeed-Catering. Komm schon, schau dir das Teil an und entscheide einfach ohne Grübeleien."

*Hoffentlich geht das gut!*, schießt mir durch den Kopf.

Auf dem Hof sehe ich jemanden im weißen Kittel, der seine Hygiene-Kopfbedeckung in die Tasche steckt.

"Moin, Marcel! Frank kennst du ja, der sucht einen Bulli."

Wir schütteln uns die Hände. Marcel ist schlank und kernig.

"Bulli ist gut. Der hat aber eine Küche und das Dach kann man hochfahren. Für Camping ideal. Allerdings ist der mit einem Sechszylinder-Benziner von Porsche ausgestattet. Also, wenn du es mal eilig hast, einfach drauftreten, du wirst staunen."

Gunther ist ein paar Schritte schneller und dreht sich kurz um.

"Sag ihm nicht, wie viel Sprit sich das Gerät gönnt, wenn man Erster sein will."

"Ja, Gunther, ich weiß. Dein Auto ist schneller und verbraucht die Hälfte. Wobei ich dir das auch nicht so ganz abkaufe. Frank, das Ding ist klasse, aber bei drei Kindern einfach ein Hobby zu viel. Da steht er, der weiße Bus da vorn ist es."

Gut, da steht ein VW-Bus, schneeweiß, sieht modern aus und gut gepflegt.

"Und was ist das jetzt für ein Flitzer? Der sieht fast aus wie ein normaler Camper."

Marcel holt die Schlüssel aus der Tasche. "Der hat einen Porsche-Motor, der ziemlich ausgereizt ist. Allerdings mit offiziellen Papieren, alles korrekt. Ich habe auch noch einen guten Satz schmalere Reifen. Jetzt sind 285er drauf. Der Bock hat im Moment 480 PS, aber der kann in jeder guten Werkstatt wieder auf circa 230 PS runtergedreht werden. Damit läuft der auch schon über 200 Sachen und man ist mit unter 10 Litern dabei, wenn man normal fährt. Na ja, wenn du den jetzt mit Endgeschwindigkeit laufen lässt, nimmt er sich locker 30 Liter. Dafür überholen dich nur noch Gunther oder die Lamborghinis."

Ich bekomme Angst. Mein BMW hatte damals 275 PS und das war mir ehrlicherweise schon zu unhandlich.

"Ich schätze, die 230 PS reichen mir. Egal, mach mal auf. Wie sieht es denn innen aus?"

Marcel öffnet die Schiebetür, steigt ein und stellt das Hubdach auf. Drinnen ist ein Küchenblock hinter den beiden Vordersitzen. Der hintere Teil ist Liegefläche.

"Zu Hause habe ich normale Sitzbänke und einen anderen Tisch. Das lässt sich prima an den Schienen im Boden befestigen. Das Bett kann man zu einer Sitzbank zusammenklappen. Alles optimal durchdacht und flexibel. Also pass auf, du wärst der dritte Besitzer. Der Erste, von Beruf Sohn, hatte das Gerät bei Nieselregen ins Gebüsch gesetzt. Der ist über einen kleinen Graben drüber und hat auf dem Acker geparkt. Die Vorderachse war weg, Hinterachse stark angeschossen, der Auspuff lag im Graben. Der Spoiler vorn weggeflogen und so untenrum war alles verdengelt. Ich habe den für wenig Geld übernommen und dann monatelang dran rumgeschraubt. TÜV hat er noch über ein Jahr. Bremsscheiben sind neu. Der hat erst 26 000 auf der Uhr. 500 Euro für 1000 Kilometer, dann gehört er dir."

Die Blicke sind erwartungsvoll. Drinnen riecht man einen Hund, aber die Stehhöhe ist super. Ich schaue mich um. Es sieht alles gut gepflegt aus.

"Ich habe gerade die Metzgerei mit Wohnhaus und allem Drum und Dran von Horst gekauft. Daran zahle ich locker 30 Jahre ab. Morgen versuche ich meinen Bänker zu erreichen. Wenn der noch 12 000 rausrückt und du damit zurechtkommst, machen wir den Deal."

"12?! Oh Mann!"

Gunther kommt dazu. "Ich habe dir gleich, als der dritte Knabe da war, das Gehalt erhöht. Komm schon, 1000 runter für das Hunde-Ambiente und gut ist! Und das Runtertunen kostet schließlich auch."

Gunther unterstützt mich. Wir Geschäftsleute halten zusammen, soll das vermutlich bedeuten.

"Schon gut, die Vorderachse war ja nicht von allein rausgefallen. Ruf mich morgen an. Bei 12 000 gehört der Bus dir!"

"Morgen um zehn Uhr weiß ich Bescheid, dann melde ich mich. In Ordnung?"

Marcel streckt die Hand aus, grinst kopfschüttelnd. "Streng dich an. Meine Frau macht mir schon die Hölle heiß wegen dem Bus. Ja, schade, aber das geht wohl nicht anders. Ich warte auf deinen Anruf."

"Alles klar, Marcel. Bis morgen."

"Bis nachher zur Besprechung, Marcel." Gunther winkt nur kurz, dann gehen wir zum Gebäude mit den Büros.

Ohne Umschweife holt Gunther eine Rumflasche und Gläser aus dem Aktenschrank hinter seinem Schreibtisch.

"Hilft jetzt nichts. Das wird ein prima Geschäft, Frank!"

"Ich habe weiche Knie. Verdammt, das ist ein astreiner VW-Bus! Aber sag mal, 480 PS? Wozu braucht ein Campingbus 480 PS?"

"Genau das ist der Punkt! Marcels Frau hatte das noch nie verstanden und den armen Jungen schon böse in die Zange genommen. Hier, trinken wir einen Schluck."

Es ist kein Rum, wie man den von früher auf den Butterdampfern kennt. Dieser ist oberste Liga und kommt von den Philippinen. Damit hatten wir schon unsere ersten Geschäfte besiegelt.

"Von dem muss ich auch mal eine Flasche hinstellen. Ja, Gunther, das ist mal wieder ein spannender Tag geworden. Hoffentlich macht die Bank mit."

"Und wenn nicht, kommst du zu mir. Wir regeln das, setzen was auf mit dem Rechtsanwalt. Geht alles, Frank. Du zahlst einfach zurück, was du entbehren kannst. Mit deiner Marie hast du wirklich Glück! Sie ist eine sehr interessante Frau. Ich finde die Idee mit dem Bus einfach stark!"

"Ein Hippie-Bus mit 480 Pferdestärken! Das ist der Hammer. Mensch Gunther! Ja, danke für dein Angebot. Das ist wirklich nett. Aber ich probiere erst mal die Bank."

"Hast du eigentlich noch Konten bei der Ackermannbank?"

"Nee, ich bin inzwischen vollständig bei den Kleinkriminellen. Die sind nett, erheben moderate Gebühren. Und die haben mir sogar schon ordentlich was gepumpt. So, Gunther, bevor du mich zu einem zweiten Glas Rum überredest, verschwinde ich besser. Wenn das mit dem Bus klappt, begießen wir das ohnehin noch anständig. Und nochmals danke für dein Angebot. Morgen melde ich mich bei dir."

"Gut, Frank, so machen wir's. Grüß Marie. Lass uns ruhig mal einen gemütlichen Abend anpeilen. Am besten mit unserem Privatier Horst."

"Stimmt, gute Idee. Es wird wieder Zeit für eine anständige Party. So oder so!"

Gunther begleitet mich noch bis ins Treppenhaus.

"Du, Frank, ist eigentlich diese alte englische Jacht in der Halle angekommen? Beim letzten Jazzabend war Kai sehr euphorisch. Ich meine, der wollte den Pott sogar kaufen. Weißt du etwas davon?"

Wir machen zwar zusammen Geschäfte, aber im Vordergrund steht tatsächlich die Freundschaft. Ich merke gerade, wie wertvoll so was ist.

"Allerdings! Kai hatte schon längere Zeit mit maßgeschneiderten Einbauküchen gutes Geld verdient. Der ältere Herr, dem das Boot gehörte, hatte ein ähnliches Problem wie der Marcel. Die Frau hielt sich und ihren Mann für zu alt, um große Segeltörns zu machen. Außerdem hatte Kai sich schon seit Jahren um die Jacht gekümmert und das Schiff auch öfter nach Hause gesegelt, wenn die Herrschaften im Süden angekommen waren und dann keine Lust mehr hatten. Das ist ein wunderschönes Schiff, das dich garantiert interessiert. Wir feiern einfach mal wieder gemütlich in der Halle. Was meinst du?"

"Also Kai konnte gar nicht aufhören, mir von dem Boot zu erzählen. Leider war ich an dem Abend der Einzige, der etwas vom Segeln verstand, vielleicht lag es auch daran. Aber regel das mal bitte für uns. Eine gediegene Party mit allen Kumpels, Frank!"

"Du hast recht. Inzwischen gibt es auch genug Gründe! Das bespreche ich gleich mit Marie."

Wir verabschieden uns zufrieden. Gunther winkt noch mal.

Im Caddy angekommen, schaue ich die Unterlagen durch. Im Hinblick auf den Wursthandel ist alles erledigt. Aber dieser Bus macht mich verrückt. Um den komme ich wohl nicht mehr herum. In zwei Wochen ist unser Hochzeitstag. Ich werde wahnsinnig, das ist schon wieder die beste Idee seit Langem. Hoffentlich reißt die Kette der besten Ideen nicht ab. Bis jetzt gelingt mir immer mehr. Auch Verschuldung, dummerweise. Das muss einfach alles gut gehen!

**Hochzeitstag!**

"Na Frank, hast du eine Idee, was wir nachher noch machen? Es ist immerhin Freitag, wir könnten etwas Schönes unternehmen."

"Stimmt eigentlich. Aber erst mal entspannen, schön meditieren, was meinst du? Sollen wir uns etwas vom Inder kommen lassen?"

Marie ist bemüht, sich nichts anmerken zu lassen. "Ja, gute Idee. Und dann ein wenig fernsehen."

Wobei Fernsehen jetzt eine Bankrotterklärung wäre. Gelegentlich schauen wir uns zwar Filme an, allerdings eher selten.

Ich habe den Schlüssel für den Bus in der Tasche und muss aufpassen, dass ich nichts Verdächtiges herausplappere.

"Wir haben Rita und Kai länger nicht gesprochen. Vielleicht gibt es bei denen etwas Neues. Kai ist bestimmt dauernd bei seinem alten Holzboot."

Marie kann es offensichtlich kaum glauben, dass ich bis jetzt nicht an unseren wichtigsten Tag im Leben gedacht habe.

"Vorletzte Woche sollte der alte Kasten in der Halle ankommen. Das kann uns Kai eigentlich mal zeigen."

Marie wartet schon den ganzen Tag darauf, dass ich in irgendeiner Form bekunde, an unseren Hochzeitstag gedacht zu haben. Sie tut so, als würde sie sich nicht erinnern, natürlich nicht, klar. Und ich versuche die Spannung hochzuhalten. Der schneeweiße Camping-Bus, mit 480 Pferden unter der Haube oder genauer gesagt unter dem Hintern, ist im Schuppen versteckt, den Marie bei Gelegenheit zu einem Atelier ausbauen will. Es ist verrückt, Marcel hatte mir sein Traumauto tatsächlich verkauft. Ohne Unfall hätte das

Auto den Wert einer kleinen Eigentumswohnung. Marcel zeigte mir noch das Gutachten eines Ingenieurbüros, das seine Reparaturarbeiten als erstklassig bewertet hatte.

Und ich musste mir ordentlich etwas einfallen lassen, um ohne Termine, die Marie schließlich genau im Blick hat, Zeit für die Ummeldung zu finden. Gunther war sehr hilfreich gewesen und vereinbarte Besprechungen. Marie bekam Termine von Gunther, plante alles sehr genau und ahnte nichts von meinen Machenschaften.

Endlich schließe ich die letzte Tür ab, winke Herbert zu, der über den Hof stiefelt. So, jetzt wird es so langsam ernst.

In unserer Küche räumt Marie die Spülmaschine aus. Ihr trauriger Blick lässt mit der Zeit doch ihre Enttäuschung erkennen.

"Du, Marie, ich hätte Lust, mal rauszufahren, vielleicht beim Italiener in Glücksburg etwas essen, schön spazieren gehen. Und dann können wir unser neues Zuhause auch wieder besser genießen."

"Meinetwegen." Maries Stimme war kaum zu hören. "Muss ich mich umziehen?", fragt sie, um eigentlich zu hören, dass das nicht nötig ist.

"Nein. Komm, einfach mal raus hier und dann sehen wir weiter."

"Jetzt gleich?" Marie macht einen müden Eindruck, als ob sie darauf im Grunde gar keine Lust hätte.

"Du fährst!", verkünde ich und freue mich jetzt schon auf ihr Gesicht.

Marie stellt die letzten Gläser in den Schrank und schlurft dann unten träge zur Haustür hinaus. Jetzt geht es los! Ich schließe ab. Marie geht um das Haus herum in den Hof und ich nehme schon mal die neuen Schlüssel in die Hand. Ein großes, rotes Kunststoff-Herz hängt am anderen Ende.

Marie öffnet gerade die Tür des Caddys.

"Warte mal, wir nehmen ein anderes Auto", dabei zeige ich zum Schuppen.

"Was denn für ein anderes Auto?"

Nach ein paar Schritten schiebe ich die schwere Tür zur Seite. Im Dunklen ist fast nichts zu erkennen. Nur der weiße Bus strahlt unübersehbar. Der Bewegungssensor macht Licht.

Maries Schritte hinter mir werden immer schneller.

"Was ist das denn?

Oh nein, Frank! Da steht ein VW-Bus!

Oh nein!"

"Und es ist deiner, mein Schatz. Fehlt nur noch genug bunte Farbe für die Blümchen. Hier sind die Schlüssel."

Marie rennt an mir vorbei, hält sich die Hände vor das Gesicht. Dann schaut sie durch die Scheibe ins Innere, dreht sich gleich wieder zu mir. Diese Kinderaugen! Sie ist außer sich und ich freue mich auch wie verrückt! Diese Überraschung ist gelungen.

"Frank, du Wahnsinniger! Du hast uns echt einen Bus gekauft? Sehe ich das richtig?"

"Das siehst du richtig! Jetzt können wir endlich standesgemäß nach Dänemark zum Campen fahren. Das musste einfach sein."

Sie fliegt mir in die Arme, lacht, weint, ist völlig aus dem Häuschen. Der erste Teil ist gelungen. Jetzt bin auf ihr Gesicht neugierig, wenn sie auf das Gaspedal tritt.

"Los, Schatz, rein da. Lass uns eine Runde drehen. Nun nimm schon die Schlüssel."

"Oh Gott, bin ich aufgeregt. Ich weiß nicht, ob ich fahren kann. Das ist aber auch ein Ding. Oje, mir fallen lauter alte Geschichten ein. Erst mal hinten reinsetzen, ja?"

Die Schiebetür rastet ein. Zuerst schaut Marie nur alles genau an, klettert dann doch hinein und bestaunt die Küche.

"Das Dach kann hochgeklappt werden, dann kann man locker dort drinnen stehen. Und die Sitzecke kann man zu einer schönen Liegefläche umbauen. Ein Mitarbeiter von Gunther wollte das Auto unbedingt loswerden. War sogar verhältnismäßig günstig."

Sie springt wieder raus und schüttelt den Kopf. Marie umarmt mich, sodass ich kaum noch Luft bekomme.

"Danke, es ist ein Traum. Ich kann es überhaupt nicht glauben. Danke, danke, danke. Frank, du bist so lieb!"

Ich fühle mich großartig! Das war gut!

"Komm schon, wir müssen eine kleine Runde drehen."

"Und ich soll fahren? Beim letzten Mal im VW-Bus hatte ich noch gar keinen Führerschein. Frank, also du machst vielleicht Sachen!"

Wir stehen wieder vor dem Auto und ich öffne die Fahrertür, winke Marie heran. Sie schließt die Schiebetür und setzt sich tatsächlich ans Steuer. Ihre Augen strahlen wie die Sonne. Auf der Beifahrerseite setze ich mich zurecht und kann kaum die nächste Überraschung erwarten. Der Motor ist bis jetzt nicht gedrosselt. Wobei, selbst im Normalmodus ist das ein wirklich sportliches Gefährt.

Marie verstellt den Sitz, nimmt Kontakt zu den Schaltern und Hebeln auf und dreht den Rückspiegel zurecht.

"Die Außenspiegel sind elektrisch wie fast alles hier. Da an der Seite."

Marie schaut mich freudestrahlend an. "Das ist ja wie im Flugzeug! Ich starte jetzt mal."

Der Motor ist sofort da und hat schon diesen bedrohlichen Unterton, aber Marie bleibt cool, löst die Handbremse.

"Sag mal, wie viele Gänge hat denn das Ding? Kann das sein? Sechs Gänge? Das gibt's ja gar nicht. Also gut, ich fahre jetzt los. Oh, warte, anschnallen. So, jetzt. Frank, danke! Ich bin völlig fertig. Das ist so lieb!"

Mit viel Gefühl fahren wir an. Marie ist vorsichtig.

"Fahr doch mal Richtung Autobahn", versuche ich beiläufig zu sagen, damit sie keinen Verdacht schöpft.

"Autobahn? Na gut. Bis nach Genua kommen wir heute aber nicht mehr."

"Denkst du", rutscht mir raus. "Einfach ein kleines Stück vor die Tür fahren. Ganz locker."

Die Hauptstraße haben wir schon erreicht und Marie staunt bereits etwas, wie wenig man Gas geben muss, damit das Auto im Verkehr mitschwimmt. Sie ist sehr konzentriert, wundert sich dann noch kurz über den Blinker, der nach kurzem Antippen genau zweimal blinkt und von selbst wieder aufhört. Und da geht es jetzt auf die Autobahn. Im Norden fährt man nach Dänemark und in Richtung Süden, Hamburg entgegen.

Marie beschleunigt vorsichtig, schaltet bis in den vierten Gang. Wir fahren jetzt ungefähr hundert Sachen. Sie schaut mich kurz an.

"Ich traue mich nicht. Wie schnell fährt das Ding? Der alte Bus, den ich noch kenne, wäre jetzt schon am fast Ende."

Genau jetzt wird es interessant!

"Trete mal so richtig drauf, der hat noch zwei Gänge mehr. Kannst locker bis 5000 Umdrehungen gehen, da kommt der Bursche erst so richtig zu sich. Und schau mal, es ist kaum was los. Mach schon! Linke Spur und dann Feuer!"

"Echt? Bist du sicher? Ach du meine Güte! Gut, ich mach' jetzt mal."

Und Marie schaut sich um, wechselt die Spur und tritt drauf! Augenblicklich spüre ich, wie meine Augäpfel in ihre Höhlen gedrückt werden. Die Auspuffanlage ist nicht extra laut, wie bei den kleinen Rutschern, die keine Kraft haben, aber dafür ordentlich Krawall machen. Trotzdem spürt man zusammen mit der beachtlichen Beschleunigung das Ungetüm mit sechs Porschezylindern am ganzen Körper. Und Marie bleibt dran. Fünfter Gang, Vollgas, sechster Gang. Immer noch beschleunigt der Wagen anständig. Marcel meinte, von 0 bis 200 km/h benötigt dieser Campingbus gerade mal 16 Sekunden.

"Oh Gott, was ist das denn, weiter traue ich mich nicht! Oh nein! Über 240?!"

Sofort nimmt Marie den Fuß von Gas. Es wird ruhiger. Wir fegen an einem Lkw vorbei, dann nimmt Marie die rechte Spur. Wir rollen langsam aus. 130 km/h fühlen sich wie Schrittgeschwindigkeit an. Ein BMW, der ein Stück weiter hinten plötzlich auch auf die Tube drückte, nachdem wir an ihm vorbeigeflogen waren, zischt jetzt an uns vorbei, fährt auch nach rechts und scheint enttäuscht zu sein, dass wir kein Rennen fahren.

"Frank, so was habe ich noch nie erlebt! Das ist aber kein normaler Bus, Frank! Du bist verrückt, aber das macht Spaß! Ich traue mich nur nicht. Daran muss ich mich erst mal gewöhnen. Ich bin noch niemals so schnell gefahren! Wie stark ist der denn?"

Auf diese Frage habe ich gewartet!

"Marie, unser neuer Camper hat 480 PS. Vorgestern war ich über 260 mit dem gefahren, und dann ging es mir wie dir: Mich verließ der Mut."

"Was? 480 PS? Oh nein! Unser alter Bus hatte vielleicht 70 PS, wenn überhaupt. Ich werde verrückt! Du machst vielleicht Sachen, Frank!"

Wir waren schon an Sankelmark vorbeigefahren. Marie schaut immer wieder zu mir rüber und sie sieht dabei so glücklich aus. Es ist einfach schön mit uns.

"Da kommt ja bald schon die Abfahrt Tarp. Lass uns bitte umdrehen, ich muss das erst mal verkraften. Vielen Dank, Frank, du bist so ein Schatz! Und ich freue mich schon auf ein Wochenende in Dänemark!"

"Ich auch. Das wird klasse. Da kann man nur leider nicht so schnell fahren."

"Vielleicht ganz gut" Marie zeigt respektvoll auf den Tacho. "An dieses Geschoss muss ich mich wirklich erst gewöhnen."

Wir fahren gemütlich ein Stückchen durch das beschauliche Angeln und nehmen die nächste Abfahrt. Nach einigen Schlenkern sind wir wieder auf der Autobahn, diesmal in Richtung Heimat. Mit uns sind ein paar Laster und wenige Pkw unterwegs.

"Ich muss das noch mal fühlen!" Marie schaut mich übermütig an, schert aus und gibt Gas.

Der Bus ist ungefähr so windschlüpfig wie ein Kleiderschrank, aber das Hightech-Fahrwerk, das Marcel aufwendig repariert hat, gibt einem das Gefühl, wie auf Schienen zu fahren. Inzwischen zeigt der Tacho auf 210 km/h, der Geräuschpegel ist jetzt natürlich um einiges höher als bei Schleichfahrt mit Richtgeschwindigkeit. Marie geht vom Gas, es wird ruhiger, allerdings mit immer noch knapp 200 Sachen.

"Puh! Das ist ja der Wahnsinn!"

Nach einem dänischen Lkw fährt Marie auf die rechte Spur und wir erreichen schließlich gemütliche 120 km/h. Sie lehnt sich zurück und auch die sechs Zylinder von Porsche im Heck dieses Ungetüms entspannen sich hörbar.

"Den müssen wir unbedingt meinen Eltern zeigen. Papa bekommt garantiert eine Panikattacke ab 140. Das wird lustig!"

"Gute Idee. Von denen haben wir schon länger nichts gehört."

"Du hast es ziemlich spannend gemacht, mein Lieber! Ich dachte wirklich, dass du unseren Hochzeitstag vergessen hast!"

Das Wochenende verlief wie im Flug. Die meiste Zeit verbrachten wir in den Federn oder wir haben den Bus bestaunt oder zusammen etwas gekocht. Es war gigantisch.

Dann verbrachte ich zwei Wochen damit, Marie davon zu überzeugen, dass unser neuer Camper unbedingt wie ein Hippie-Bus bemalt werden muss. Nachdem ich angedroht hatte, den Motor nicht vorher auf Normalbetrieb drosseln zu lassen, willigte sie schmunzelnd ein und besorgte sich entsprechende Farben sowie einen Airbrush-Kompressor aus der Kunstschule und anderes Profimaterial. Sie ist eben gelernte Künstlerin. Wir scannten alte Erinnerungsfotos ein, auf denen der Bus ihrer Eltern zu sehen war. Marie machte Skizzen und verschwand auch abends öfter im Schuppen, zeigte mir anschließend ihre Entwürfe. Schließlich war es so weit. Am Freitagnachmittag fuhr sie mit dem Bus durch die

Waschanlage und nach dem Abendessen sammelte sie ihre Mappen sowie tausend andere Utensilien in Klappkisten zusammen.

"Frank, ich mach' das jetzt wirklich! Du hast es so gewollt."

"Ja los, dann brauchen wir uns nicht mehr mit 250 Sachen blitzen zu lassen. 200 reicht doch vollkommen."

"Allerdings! Aber vorher laden wir meine Eltern auf eine Spritztour ein. Das wird cool!"

Mir blieb jetzt wieder Zeit, mich um die Steuer zu kümmern, beziehungsweise die Unterlagen möglichst vollständig und chronologisch zu ordnen. Unser Steuerberater schaute schon etwas grimmig, als mir kurz vor meinem letzten Besuch ein Stapel Blätter durcheinandergerutscht war.

Inzwischen hatte Gunther geschrieben, dass er von unseren vegetarischen Wurst-Ideen einige ausprobiert und selbst auch nach Rezepturen gesucht hat. Er lud uns zur Verkostung am nächsten Wochenende ein. Sehr bemerkenswert finde ich, weil er anfangs der größte Skeptiker bei dem Projekt gewesen war.

So, jetzt muss ich nach Marie schauen. Vielleicht hat sie schon mit der Verschönerung unserer rollenden Zweitwohnung angefangen.

Der Schuppen ist dort, wo der Bus steht, großflächig mit zwei Bauscheinwerfern ausgeleuchtet. Marie hat bereits unten an der Front und an einer Seite einen breiten Streifen abgeklebt. An der Schiebetür ist dieser Streifen bereits sandfarben angesprüht und Marie klebt gerade Folien mit herausgeschnittenen Kamelen darauf. Auf einer Skizze hatte sie mir gestern einen umlaufenden Saum mit einer Karawane gezeigt.

"Hallo Künstlerin! Na, wie kommst du voran?"

"Frank, hallo. Ich glaube, das klappt, wie ich es mir gedacht hatte. Schau mal. Ich habe hier sechzig verschiedene negative Kamele. Die werden etwas dunkler gesprüht und anschließend noch von Hand zum Leben erweckt. Das gefiel dir doch."

"Ja stimmt, klasse Idee."

"Wenn die Tür gut geworden ist, geht es einmal rundherum. Ich muss nur noch einen Haufen Kamele vorbereiten. Die sollen eigentlich alle verschieden werden. Ein paar Menschen kommen auch dazwischen. Und kleine Kamele und Pyramiden, ein paar Palmen vielleicht! Wenn das fertig ist, geht es an größere Motive, wie Blumen und bunte Fantasiesachen. Das Santana-Konzert Supernatural hat mich voll inspiriert. Ein paar Entwürfe hatte ich dir ja schon gezeigt."

"Marie, das wird gut! Ja, genau, deine Zeichnungen erinnerten an die alten Zeiten, in denen die Platten-Cover alle nach LSD-Trip aussahen. Ich kann es kaum abwarten, ehrlich."

"Der Bruder von unserem Thomas, du weißt schon, Bildhauer, viertes Semester, Mittwoch und Donnerstag im Imbisswagen, der arbeitet in einer Lackiererei. Und er hat mir schon versprochen, mit ein paar Schichten Klarlack alles zu versiegeln. Die Jungs haben etliche alte Autos auf neu gepimpt. Die Dinger sahen danach aus wie frisch vom Band. Vielleicht muss stellenweise an den Übergängen noch etwas poliert werden, aber dann haben wir einen super Hippie-Bus, Frank! Und wohl auch den schnellsten unter der Sonne!"

Mit Tränen in den Augen kommt sie in meine Arme. Wir schaukeln sanft hin und her.

"Ach, Frank, du hast mir so eine Freude damit gemacht, ich kann's gar nicht beschreiben. Weißt du, bevor du mit Brennholz und Rotwein in der Halle aufgetaucht bist, war mein Leben gerade dabei, völlig aus den Fugen zu geraten. Die Vernissage kurz vorher hatte noch mal eins draufgesetzt. Da fand ich dich echt doof. Aber dann ganz am Anfang schon, beim Pizza-Abend und spätestens als ich stundenweise im Büro gearbeitet hatte und genau wusste, dass du mich gut findest, da war plötzlich alles in Ordnung. Als wären alle Entscheidungen schon gefallen und alles würde gut. Jetzt ist alles traumhaft! Ich kann es manchmal gar nicht fassen. Es ist so toll, dass wir uns gefunden haben!"

Marie lehnt sich an, unsere Hände finden sich. Mir fällt auch gerade wieder die Zeit ein, als ich ein ausgebrannter IT-Spezialist mit gutem Einkommen und schlechten Nerven war.

"Wenn ich so darüber nachdenke, kann ich es auch kaum glauben. Es ist noch gar nicht lange her, da wäre ich fast verrückt geworden und auf dem Weg zum Alkoholiker gewesen. Zum Glück hat mich mein Hausarzt in diese Anstalt gesteckt, um wieder wach zu werden. Danach musste ich allerdings den Job hinschmeißen. Schon eine Minute nach der Kündigung ging es mir sofort besser. Der Mensch im Personalbüro war noch völlig entsetzt und ich konnte mich nur kaputtlachen. Der Job bei den Hausmeistern heilte mich endgültig. Aber der Hammer war diese Vernissage. Ich dachte, das wird ein lustiges Experiment und dann tauchtest du auf. Zuerst hast du mir eher Angst gemacht, wirklich. Du bist einfach eine hammerstarke Frau."

Marie drückt meinen Arm ganz fest.

"Du bist aber auch ein heißer Typ, Frank. Am Anfang war es etwas holperig und jetzt wird es immer besser mit uns. Nicht nur weil du Verrückter diesen Bus gekauft hast. Es ist einfach schön mit uns. Ich hab' dich total lieb!"

Wir kuscheln uns näher zusammen. Was für ein Glück, dass Rita sich an meine Ausflüge in die Malerei erinnert hat und Holger, der noch wusste, dass ich mit Bernd auch immer bei ihm vorbeigekommen bin, um die weltbeste Bratwurst zu bekommen.

"Marie, ich bin so glücklich mit dir, es ist der Wahnsinn!"

"Es gibt einen Gott und er liebt uns, Frank. Und weißt du was? Beim nächsten Vollmond oder noch besser zur Mittsommernacht, dann fahren wir rüber nach Dänemark an die Westküste und machen ein kleines Feuer am Strand und bedanken uns bei den Göttern, verbrennen einen Joint und rauchen vielleicht auch ein bisschen. Mal sehn. Und dann starten wir in die Hippie-Ära 2.0! Wir brauchen auch nicht richtig rauchen, nur so als Ritual, nur mal schnuppern. Ich hab' dich lieb!"

"Ja los, gute Idee! Eine kleine rituelle Dankesfeier mit unseren guten Geistern. Stimmt, das müssen wir unbedingt machen!"

Marie schaut mich frech an. "Was hältst du eigentlich davon, wenn wir bei der Gelegenheit einen neuen Menschen machen?"